हिन्द पॉकेट बुक्स

शरलक होम्ज़ की जासूसी

सर आर्थर इग्नाशियस कॉनन डायल एक स्कॉटिश चिकित्सक और लेखक थे, जिन्हें अधिकतर जासूस शरलक होम्ज़ की उनकी कहानियों और प्रोफ़ेसर चैलेंजर के साहसिक कारनामों के लिए जाना जाता है। वह विज्ञान कल्पना कथाएँ, ऐतिहासिक उपन्यासों, नाटकों और रोमांस, कविता और विभिन्न कल्पना साहित्य के एक विपुल लेखक थे।

सर कॉनन डायल ने जब जासूस शरलक होम्ज़ के चरित्र की सृजना की तो उन्होंने सपने में भी नहीं सोचा था कि उनका यह पात्र स्वयं उनसे भी ज्यादा विश्व-प्रसिद्ध हो जाएगा। लेकिन यह हुआ और पाठक शरलक होम्ज़ की निराली सूझ-बूझ, पैनी पकड़ और गजब की साहसिकता के कायल हो गए; और किताबी दुनिया का यह पात्र "एक बहुत प्रसिद्ध व्यक्ति जो जीवित नहीं है" की व्याख्या के साथ दुनिया में बस गया।

शरलक होम्ज़ की जासूसी

कॉनन डायल

हिन्द पॉकेट बुक्स
पेंगुइन रैंडम हाउस इम्प्रिंट

हिन्द पॉकेट बुक्स

यूएसए | कनाडा | यूके | आयरलैंड | ऑस्ट्रेलिया | सिंगापुर
न्यू ज़ीलैंड | भारत | दक्षिण अफ्रीका | चीन

हिन्द पॉकेट बुक्स, पेंगुइन रैंडम हाउस ग्रुप ऑफ़ कम्पनीज़ का हिस्सा है,
जिसका पता global.penguinrandomhouse.com पर मिलेगा

पेंगुइन रैंडम हाउस इंडिया प्रा. लि.,
चौथी मंजिल, कैपिटल टावर -1, एम जी रोड,
गुड़गांव 122 002, हरियाणा, भारत

पेंगुइन
रैंडम हाउस
इंडिया

प्रथम हिन्दी संस्करण हिन्द पॉकेट बुक्स द्वारा 2000 में प्रकाशित
यह हिन्दी संस्करण हिन्द पॉकेट बुक्स में पेंगुइन रैंडम हाउस द्वारा 2022 में प्रकाशित

हिन्दी अनुवाद : देवेन्द्र कुमार

10 9 8 7 6 5 4 3 2

ISBN 9789353493110

मुद्रकः रेप्रो इंडिया लिमिटेड

www.penguin.co.in

FSC
www.fsc.org
MIX
Paper from responsible sources
FSC® C047271

This is a legitimate digitally printed version of the book and therefore might not have certain extra finishing on the cover.

शरलक होम्ज़
की
जासूसी

अनुक्रम

रहस्य

"अब इससे कोई नुकसान नहीं हो सकता," यह जवाब शरलक होम्ज़ ने मेरे प्रश्न के उत्तर में दिया, जो मैंने नीचे लिखी घटना प्रकाशित करने के बारे में पिछले दस सालों में दसवीं बार पूछा था। इस प्रकार मुझे एक ऐसी घटना को लेखबद्ध करने की मंजूरी मिल गई जो कई दृष्टियों से मेरे दोस्त के जासूसी-जीवन की सबसे महत्त्वपूर्ण घटना थी।

होम्ज़ को और मुझे भाप-स्नान का बड़ा शौक था। मैंने देखा कि शरीर सुखाने के कमरे की आनंददायक शिथिलता में शरीर से निकलते हुए धुएं के बीच होम्ज़, और सब मौकों की अपेक्षा, कम चपल और अधिक मानवीय होता था। नौर्थम्बरलैंड एवेन्यू वाली बिल्डिंग की दूसरी मंज़िल पर एक एकांत कोने में दो काउच पास-पास पड़े हैं, और 3 सितम्बर, 1902 को जिस दिन से मेरा वृत्तांत शुरू होता है, हम उन पर ही पड़े थे। मैंने उससे पूछा था कि क्या तुम्हारे मन में कोई बात

घूम रही है, और इसके उत्तर में उसने अपने ऊपर ढंकी हुई चादर में से अपनी लम्बी पतली अस्थिर बांह बाहर निकालकर पास टंगे हुए अपने कोट की अंदर की जेब से एक लिफाफा निकाला था।

"हो सकता है कि वह कोई तुनकमिज़ाज, अपने को बहुत बड़ा समझने वाला बेवकूफ हो, और हो सकता है कि यह ज़िदगी या मौत का सवाल हो," चिट्ठी मुझे पकड़ाते हुए वह बोला, "जितना इस कागज़ में लिखा हुआ है, उससे आगे मुझे कुछ मालूम नहीं।"

यह चिट्ठी कार्लटन क्लब से भेजी गई थी और इस पर कल शाम का समय लिखा था। चिट्ठी इस प्रकार थी : "सर जेम्स डेमरी, श्री शरलक होम्ज़ को नमस्कार कहता है और कल साढ़े चार बजे उनसे मिलने आएगा। सर जेम्स यह भी निवेदन करता है कि जिस मामले में वह श्री होम्ज़ से राय लेना चाहता है, वह बड़ा नाजुक और साथ ही बड़ा महत्त्वपूर्ण मामला है। इसलिए उसे विश्वास है कि श्री होम्ज़ यह भेंट करने का मौका देने की पूरी कोशिश करेंगे और कार्लटन क्लब को टेलीफोन करके इसकी पुष्टि कर देंगे।"

"यह बताने की तो ज़रूरत ही नहीं वाटसन," मेरे कागज़ लौटाने पर होम्ज़ बोला, "कि मैंने इसकी पुष्टि कर दी है। क्या तुम इस डेमरी नाम के आदमी के बारे में कुछ जानते हो?"

"इतना ही जानता हूं कि यह नाम बड़े लोगों में बहुत प्रचलित है।"

"मैं तुम्हारी जानकारी कुछ और बढ़ा सकता हूं। इस आदमी की यह शोहरत है कि जो नाज़ुक मामले अखबारों की पहुंच से परे रखने हों, उनका यह इंतज़ाम कर सकता है। तुम्हें हैमरफोर्ड के वसीयतनामे वाले मामले में सर जार्ज लेविस से इसकी बातचीत की घटना याद होगी। यह बड़ा दुनियादार आदमी है जिसमें कूटनीतिक गुण जन्मजात

हैं। इसलिए मुझे पूरी आशा है कि यह कोई मामूली मामला नहीं है, बल्कि इसे हमारी मदद की सचमुच कुछ ज़रूरत है।"

"हमारी?"

"हां, अगर तुम मेहरबानी करो वाटसन।"

"यह तो मेरे लिए इज़्ज़त की बात है।"

"तो समय का तो तुम्हें पता ही है–साढ़े चार। तब तक इस मामले को दिमाग से बाहर रखो।"

मैं उस समय क्वीन एन स्ट्रीट में अपने अलग कमरों में रहता था, पर निश्चित समय से पहले मैं बेकर स्ट्रीट पहुंच गया। ठीक साढ़े चार बजे कर्नल सर जेम्स डेमरी के आने की सूचना मिली। उसका वर्णन करने की कोई आवश्यकता नहीं क्योंकि उस लम्बे-चौड़े ईमानदार व्यक्तित्व, उस चौड़े सफाचट चेहरे और सबसे बढ़कर उस मधुर मृदुवाणी की बहुतों को याद होगी। उसकी भूरी आयरिश आंखों से स्पष्टवादिता चमक रही थी और उसके चंचल मुस्कुराते हुए होंठों पर खुशमिज़ाजी की लहर खेल रही थी। उसके चमकते हुए टोप, उसके काले कोट, बल्कि यों कहिए कि काले साटन के मफलर में लगे हुए पिन से लेकर वार्निश से चमकते हुए जूतों पर पड़ी हुई लेवेंडर की बूंदों तक छोटी-से-छोटी चीज़ से यह ज़ाहिर हो रहा था कि कपड़े पहनने में कितनी अधिक सावधानी बरती गई है, जिसके लिए वह मशहूर था। वह भारी-भरकम, चतुर, सम्भ्रांत व्यक्ति उस छोटे-से कमरे पर जैसे हावी हो गया था।

"यहां डॉ. वाटसन के होने की तो मुझे आशा ही थी," उसने नम्रता

से अभिवादन करते हुए कहा, "उनकी सहायता की बड़ी ज़रूरत हो सकती है, क्योंकि मिस्टर होम्ज़, इस बार हमें एक ऐसे आदमी से निपटना है जिसके लिए मार-काट बाएं हाथ का खेल है और जो सचमुच किसी भी बात पर नहीं टिकेगा। मैं तो यहां तक कहता हूं कि सारे यूरोप में उससे खतरनाक आदमी नहीं है।"

"मेरा ऐसे कई विरोधियों से वास्ता पड़ चुका है जिनके बारे में ये ही शब्द कहे जाते थे।" होम्ज़ ने ज़रा मुस्कुराते हुए कहा, "क्या आप सिगरेट नहीं पीते? तो मैं अपना सिगार जलाने के लिए माफी चाहता हूं। यदि आपका आदमी स्वर्गीय प्रोफेसर मोरिआर्टी से या जीवित कर्नल सेबास्टियन मोरान से अधिक खतरनाक है तो वह सचमुच मुकाबला करने योग्य है। क्या मैं उसका नाम जान सकता हूं?"

"क्या आपने बैरन ग्रुनेर का नाम सुना है?"

"आपका मतलब उस ऑस्ट्रियन हत्यारे से है क्या?"

कर्नल डेमरी ने अपने दस्तानों वाले हाथ हंसते हुए ऊपर उछाले "आपसे कोई नहीं जीत सकता मिस्टर होम्ज़! कमाल कर दिया! तो आपने उसे पहले ही हत्यारों की श्रेणी में रख रखा है?"

"मेरा रोज़गार ही यह है कि यूरोप-भर के जुर्मों की बारीकियों का पता लगाता रहूं। कौन ऐसा आदमी है जिसने प्राग में हुई घटनाओं की खबर पढ़ी हो और फिर उसे इस आदमी के जुर्म के बारे में कोई शक रह गया हो। वह तो एक निरे कानूनी नुक्ते और एक गवाह की संदेहजनक मौत की बदौलत वहां बच गया। स्प्लूगन दर्रे में हुई तथाकथित 'दुर्घटना' में उसने अपनी पत्नी को मार डाला, इस बात का मुझे वैसा ही पक्का निश्चय है, जैसा उसे यह काम करते हुए अपनी आंखों से देखने पर होता। मुझे यह भी पता था कि वह इंग्लैंड आ

गया है और मन-ही-मन मुझे यह लग रहा था कि देर-सबेर वह मेरे लिए कोई-न-कोई काम पेश कर देगा। अच्छा, तो बैरन ग्रुनेर किस काम में लगा है? मेरे खयाल से वह पुराना किस्सा तो फिर नहीं खड़ा हुआ होगा।"

"नहीं, यह उससे भी गम्भीर मामला है। जुर्म का बदला लेना महत्त्वपूर्ण बात है, पर उसे रोकना और भी महत्त्वपूर्ण है। मिस्टर होम्ज़, एक भयंकर घटना, एक भीषण परिस्थिति अपनी आंखों के आगे बनती हुई देखना, उसका अंतिम परिणाम साफ-साफ समझना और फिर भी उसे रोकने के लिए कुछ भी न कर सकना बड़ी भयानक बात है। क्या कोई इंसान इससे अधिक मुसीबत में कभी हो सकता है?"

"शायद नहीं।"

"तब आपको उस आदमी से हमदर्दी होगी जिसके फायदे के लिए मैं कोशिश कर रहा हूं।"

"मैंने यह नहीं समझा था कि आप केवल बिचौलिए हैं। असली आदमी कौन है?"

"मिस्टर होम्ज़, मेरी प्रार्थना है कि आप इस सवाल पर ज़ोर न दें। यह बड़े महत्त्व की बात है कि मैं उस आदमी को यह भरोसा करा सकूं कि उसके नाम को इस मामले में किसी भी तरह नहीं घसीटा जाएगा, जिससे उसके नाम को कोई धब्बा न लगे। उसका उद्देश्य पूरी तरह अच्छा और वीरोचित है, पर वह अज्ञात रहना चाहता है। यह कहने की तो ज़रूरत ही नहीं कि आपकी फीस मिल जाने की पक्की गारंटी है और आपको पूरी आज़ादी होगी। असली आदमी के नाम से आपको क्या लेना है?"

"मुझे अफसोस है," होम्ज़ ने कहा, "मेरे पास आने वाले मामलों

में एक ही सिरे पर रहस्य रहा करता है। पर जब दोनों सिरों पर रहस्य हो, तब मामला बड़ा मुश्किल लगता है। मुझे डर है सर जेम्स कि मैं यह मामला नहीं ले सकता।"

हमारा अभ्यागत बहुत परेशान हुआ। उसके लम्बे-चौड़े सुकुमार चेहरे पर भावावेश और निराशा से उदासी छा गई।

"मिस्टर होम्ज़, आप अपने काम का परिणाम नहीं समझ सकते," वह बोला, "आपने मुझे बड़ी गम्भीर दुविधा में डाल दिया है; क्योंकि मुझे पक्का निश्चय है कि अगर मैं सारी बातें खोलकर आपके सामने रख सकता तो यह मामला हाथ में लेने में आपको गर्व होता। पर मैं वचन दे चुका हूं, जिसके कारण वे सब बातें खोलकर नहीं रख सकता। क्या आप मुझे ये सब बातें पेश करने का मौका देंगे जो मैं आपके सामने रखना चाहता हूं?"

"ज़रूर, ज़रूर, पर यह समझ लीजिए कि मैं कोई वचन नहीं देता।"

"यह मैंने समझ लिया है। पहली बात तो यह है कि आपने जनरल डी मेरविल का नाम अवश्य सुना होगा।"

"डी मेरविल, वही जो खैबर दर्रे की लड़ाई में मशहूर हुए थे? हां, मैंने उनका नाम सुना है।"

"उनकी एक लड़की है, वायलेट डी मेरविल–जवान, धनी, सुंदर, सुसंस्कृत; हर दृष्टि से अद्भुत। इस सुंदर भोली लड़की को ही हम एक बदमाश के चंगुल से बचाने की कोशिश कर रहे हैं।"

"तो बैरन ग्रुनेर का उस पर कुछ प्रभाव है?"

"स्त्रियों की दृष्टि से सबसे ज़बरदस्त प्रभाव–प्रेम का प्रभाव है। यह आदमी, जैसाकि आपने सुना होगा, असाधारण रूप से सुंदर है

और उसकी चाल-ढाल बड़ी मोहक और वाणी मृदु है; और उसके चेहरे पर रोमांस और रहस्य की एक ऐसी छाया है जो स्त्रियों के लिए इतनी आकर्षक होती है–कहते हैं कि हर औरत उसके पीछे पागल हो जाती है, और उसने इस बात का बड़ा फायदा उठाया है।"

"पर इस तरह के आदमी की मिस वायलेट डी मेरविल जैसी कुलीन महिला से भेंट कैसे हो गई?"

"भूमध्य सागर में सैर-सपाटे के लिए जाने के समय यह मुलाकात हो गई। सब लोगों ने, जो वैसे चुने हुए लोग थे, अपना-अपना किराया स्वयं दिया था। बात यह है कि संयोजकों को बैरन की असलियत का पहले पता ही नहीं चला। वह बदमाश मिस वायलेट से हिलमिल गया और उसने उस पर ऐसी मोहिनी डाल दी कि वह उसके हृदय पर पूरी तरह छा गया है। यह कहने से कि वह उसे प्यार करती है, बात स्पष्ट नहीं होती। वह उस पर मरती है। वह उसमें डूब गई है। उससे बाहर उसके लिए धरती पर सब कुछ शून्य है। वह उसके विरुद्ध एक शब्द नहीं सुनना चाहती। उसे इस पागलपन से मुक्त करने के लिए हर सम्भव कोशिश की गई पर निष्फल रही। मोटे रूप में यह समझ लीजिए कि वह अगले महीने उससे शादी करना चाहती है। वह बालिग है और उसका संकल्प फौलादी होता है। इसलिए समझ में नहीं आता कि उसे कैसे रोका जाए!"

"क्या उसे ऑस्ट्रिया वाले कांड का पता है?"

"उस धूर्त बदमाश ने अपने पिछले जीवन की सब भद्दी मशहूर घटनाएं उसे सुना दी हैं, पर सब ऐसे ढंग से सुनाई हैं जैसे वह खुद निर्दोष शहीद हो। वह उसके कथन को पूरी तरह सच मानती है और किसी दूसरे की बात नहीं सुनना चाहती।"

"ऐसी हालत है! पर आपने अनजाने में अपने असली नियुक्तिकर्ता का नाम प्रकट कर दिया है। वह निःसंदेह जनरल डी मेरविल है।"

हमारा अभ्यागत कुर्सी में बेचैनी से हिलने लगा।

"ऐसा कहकर मैं आपको धोखा दे सकता हूं, होम्ज़ महोदय, पर यह बात सच नहीं होगी। डी मेरविल का दिल टूट चुका है। इस घटना से उस वीर सैनिक का हौसला बिलकुल पस्त हो गया। वह अपने होशो-हवाश खो बैठा है, जो उसने रणक्षेत्र में कभी नहीं खोया था और वह इतना कमजोर हो गया है कि उसका शरीर हिलता है, और वह इस तेजस्वी और बलवान बदमाश ऑस्ट्रियन का मुकाबला करने में बिलकुल असमर्थ है। पर मेरा नियुक्तिकर्ता उसका पुराना मित्र है जो बहुत साल तक जनरल का घनिष्ठ रहा है; और उसे इस नौजवान लड़की की भलाई में तब से ही दिलचस्पी है जब वह छोटी बच्ची थी। वह इस घटना को बेरोक-टोक होते हुए नहीं देख सकता। इसमें ऐसी कोई चीज़ नहीं है जिस पर स्कॉटलैंड यार्ड कार्यवाही कर सके। यह उसका ही सुझाव था कि इस मामले में आपको बुलाया जाए और यह, जैसाकि मैंने कहा है, इस स्पष्ट शर्त पर था कि उसे व्यक्तिगत रूप से इस मामले में न डाला जाए। होम्ज़ महोदय, मुझे इस बात में ज़रा भी शक नहीं कि आप अपनी महान सामर्थ्य से मेरे नियुक्तिकर्ता का आसानी से पता लगा सकते हैं; पर मैं प्रार्थना करता हूं कि आप कृपा करके ऐसा न करें और उस अज्ञात व्यक्ति को प्रकाश में न लाएं।"

होम्ज़ ज़रा मुस्कुराया।

"मैं समझता हूं कि यह वचन मैं निश्चिंतता से दे सकता हूं।" वह

बोला, “इतनी बात और कह दूं कि आपकी समस्या मुझे दिलचस्प लगती है और मैं इसकी जांच-पड़ताल करने के लिए तैयार हूं। आपसे फिर कहां सम्पर्क किया जाएगा?”

“कार्लटन क्लब में मेरा पता चल जाएगा; और यदि अचानक कोई ज़रूरत आ पड़े तो प्राइवेट टेलीफोन नं. एक्स-एक्स 31 है।”

होम्ज़ ने नम्बर नोट कर लिया और खुली हुई डायरी अपने घुटने पर रखे मुस्कुराता हुआ बैठा रहा।

“बैरन का इस समय क्या पता है?”

“वर्नन लौज, किंग्स्टन के पास। यह बहुत बड़ा मकान है। सट्टे में उसका कुछ अच्छा दांव लग गया है और वह अब धनी आदमी है। इसलिए, स्वभावतः वह अधिक खतरनाक विरोधी हो गया है।”

“क्या वह इस समय घर पर है?”

“जी हां।”

“आपने उसके बारे में मुझे जो कुछ बताया है, उसके अलावा आप कोई और जानकारी दे सकते हैं?”

“उसके शौक खर्चीले हैं। वह घोड़ों का अधिक शौकीन है। कुछ समय तक वह हरलिंघम में पोलो खेलता रहा है, पर उसके बाद प्राग वाले कांड का चारों ओर शोर मच गया और उसे भागना पड़ा। वह किताबें और तस्वीरें संग्रह करता है। कला-वस्तुओं का वह बड़ा मर्मज्ञ है। मैं समझता हूं कि चीनी बर्तनों के बारे में वह माना हुआ विद्वान है और उसने इस विषय पर एक पुस्तक भी लिखी है।”

“जटिल मस्तिष्क है!” होम्ज़ ने कहा, “सब बड़े-बड़े जुर्म करने वालों में यही होता है। मेरा पुराना दोस्त चार्ली पीस बेला बजाने में बड़ा प्रवीण था। वेनराइट भी ऊंचे दर्जे का कलाकार था। मैं और बहुत-से

नाम गिना सकता हूं। अच्छा, सर जेम्स, आप अपने नियुक्तिकर्ता से कह दीजिए कि मैं बैरन ग्रुनेर पर अपना दिमाग लगा रहा हूं। इससे अधिक मैं कुछ नहीं कह सकता। मेरे पास अपने कुछ निजी जानकारी के ज़रिए हैं, और मुझे भरोसा है कि इस गांठ को खोलने का कोई तरीका हमें मिल जाएगा।"

हमारे अभ्यागत के चले जाने के बाद होम्ज़ इतनी देर तक गहरे विचार में डूबा रहा कि मुझे ऐसा प्रतीत हुआ कि वह मेरे वहां होने की बात ही भूल गया है, पर अंत में वह जल्दी से मर्त्यलोक में आ गया।

"अच्छा, वाटसन, क्या खयाल है?" उसने पूछा।

"मेरा विचार है कि यदि तम उस जवान महिला से मिलो तो अच्छा हो।"

"भई वाटसन, अगर उसका बेचारा बूढ़ा निराश पिता उसे नहीं समझा सका तो मैं अजनबी उसे क्या समझा दूंगा? पर फिर भी, जब और सब कोशिशें बेकार हो जाएं, तब इस सुझाव की आज़माइश की जाएगी। पर मेरा खयाल है, हमें एक दूसरे ही रास्ते से चलना चाहिए। मुझे लगता है कि शायद शिनवेल जॉनसन से कुछ मदद मिल सके।"

इन संस्मरणों में शिनवेल जॉनसन का उल्लेख करने का कोई मौका नहीं आया, क्योंकि मैंने अपने मित्र के पिछले दिनों के काम से सम्बंधित घटनाएं प्रायः नहीं लिखीं। इस सदी के आरम्भिक वर्षों में वह कीमती सहायक बन गया था। मुझे दुःख से कहना पड़ता है कि जॉनसन पहले एक बहुत खतरनाक बदमाश के रूप में मशहूर हुआ और पार्कहर्स्ट

में उसने दो बार जेल काटी। अंत में उसको पछतावा हुआ और वह होम्ज़ के साथ मिलकर लंदन की लम्बी-चौड़ी अपराधियों की दुनिया में उसके एजेंट के रूप में काम करने लगा और ऐसी जानकारी हासिल करने लगा जो प्रायः बहुत अधिक महत्त्व की सिद्ध होती थीं। अगर जॉनसन पुलिस का दलाल होता तो उसकी पोल जल्दी खुल गई होती, पर क्योंकि वह ऐसे मामलों से सम्बंध रखता था जो सीधे तौर से अदालतों में नहीं आते, इसलिए उसके साथियों को कभी उसकी हलचलों की असलियत पता नहीं चली। दो बार सज़ा पाने का गौरव उसके पास होने के कारण उसे हरेक रात के क्लब, रैनबसेरे और शहर के जुए के अड्डों में घुसने की पूरी सहूलियत थी और उसकी पैनी नज़र और तेज़ दिमाग ने उसे जानकारी हासिल करने के लिए एक बेमिसाल एजेंट बना दिया था। अब शरलक होम्ज़ उससे ही मदद लेने की बात सोच रहा था।

मैं वे सब हलचलें नहीं देख सकता जो मेरे मित्र ने इसके तुरंत बाद कीं, क्योंकि मुझे अपने डॉक्टरी के ज़रूरी काम में व्यस्त रहना पड़ा। पर उस दिन मैं स्थान और समय निश्चित करके शाम को सिम्पसंस में उससे मिला, जहां वह सामने की खिड़की में एक छोटी मेज़ के पास बैठा था और स्टैंड में तेज़ी से बहते हुए जीवन के प्रवाह की ओर देख रहा था। जो कुछ हो चुका था, उसका कुछ हिस्सा उसने मुझे बताया।

"जॉनसन खोज में घूम रहा है।" वह बोला, "सम्भव है कि छिपी दुनिया के अंधेरे कोनों में कोई कूड़ा-कचरा मिल जाए, क्योंकि वहां नीचे अपराध की अंधेरी जड़ों में ही हमें इस आदमी के भेद ढूंढ़ने होंगे।"

"पर यदि मिस वायलेट उन बातों को स्वीकार नहीं करती जो पहले मालूम हैं तो तुम्हारी नई खोजों से वह अपने उद्देश्य से क्यों हट जाएगी?"

"क्या पता वाटसन! औरत का दिल और दिमाग मर्द के लिए अनबूझ पहेली हैं। हो सकता है कि हत्या मामूली चीज़ समझकर माफ कर दी जाए, पर कोई मामूली जुर्म उसका मन फेर दे। बैरन ग्रुनेर ने मुझसे कहा था..."

"उसने तुमसे कहा था?"

"हां, हां। बात यह है कि मैंने तुम्हें अपनी योजना नहीं बताई थी। भाई वाटसन, मुझे तो अपने जोड़ीदार से आमना-सामना करने का शौक है। मैं तो उससे आंख-से-आंख मिलाना चाहता हूं और स्वयं यह जानना चाहता हूं कि वह किस धातु का बना है। जॉनसन को हिदायतें देने के बाद मैं टैक्सी करके किंग्स्टन पहुंचा, और बैरन मुझसे बड़ी खुशमिज़ाजी से मिला।"

"क्या उसने तुम्हें पहचाना?"

"यह कोई मुश्किल बात नहीं थी, क्योंकि मैंने अपना कार्ड अंदर भेज दिया था। और वह बहुत बढ़िया विरोधी है। बर्फ के समान भावहीन और तुम्हारे किसी फैशनेबल मरीज़ की तरह ज़बान का मीठा और फनियर सांप की तरह ज़हरीला। उसने अपने अंदर अपराधी का वास्तविक आडम्बर पैदा कर लिया है, और ऊपर से देखने पर वह शाम की चाय का निमंत्रण देता दिखाई देता है, पर उसके पीछे कब्र की सारी क्रूरता मौजूद रहती है। हां, मुझे खुशी है कि मेरा बैरन एडलबर्ट ग्रुनेर से वास्ता पड़ा।"

"तुम कहते हो कि वह बहुत खुशमिज़ाज था?"

"उस खुशी से बोलती हुई बिल्ली की तरह जो अपने शिकार होने वाले चूहे को देखती हो। कुछ लोगों की नम्रता दूसरों की प्रचंडता से अधिक घातक होती है। उसका अभिवादन भी खास ही था। मैं सोच ही रहा था कि देर-सबेर आपसे मुलाकात होगी, होम्ज़ महाशय!' वह बोला, 'आपको जनरल डी मेरविल ने अपनी लड़की वायलेट से मेरी शादी रुकवाने की कोशिश करने के लिए इस काम पर लगाया है। यही बात है न?'

"मैंने स्वीकार किया।

" 'मेरे दोस्त,' वह बोला, 'तुम अपना उचित ढंग से पाया हुआ यश ही नष्ट करोगे। यह ऐसा मामला नहीं है जिसमें तुम सफल हो सको। यह काम तुम्हारे लिए बिलकुल नीरस होगा और तुम्हें खतरा अलग रहेगा। मैं तुम्हें ज़ोर देकर यह सलाह देता हूं कि तुम फौरन इस काम से हाथ खींच लो।

" 'अजीब बात है!' मैंने जवाब दिया, 'पर ठीक यही सलाह मैं तुम्हें देना चाहता था। बैरन, मैं तुम्हारी दिमागी सामर्थ्य की बड़ी इज़्ज़त करता हूं और तुम्हारे व्यक्तित्व का जो थोड़ा-सा हिस्सा मैं देख पाया हूं, उससे इसमें कोई कमी नहीं हुई। मैं तुमसे सीधी बात कहता हूं। कोई भी यह नहीं चाहता कि तुम्हारे अतीत को उघाड़ा जाए और तुम्हारे लिए अनुचित परेशानी पैदा की जाए। वह गुज़र चुका और तुम मौज में हो। पर यदि तुम इस शादी का आग्रह करोगे तो तुम्हारे विरुद्ध शक्तिशाली शत्रुओं का समूह उठ खड़ा होगा और वे तुम्हें तब तक नहीं छोड़ेंगे जब तक तुम्हारा इंग्लैंड में रहना असम्भव न हो जाए। क्या यह शादी का मामला इस झगड़े में पड़ने लायक है? निश्चय ही तुम्हारी समझदारी इसी में है कि उस महिला से दूर हट जाओ। यदि तुम्हारे पिछले जीवन के कारनामे उसे बताए जाएं तो तुम्हारे लिए कुछ

अच्छा नहीं होगा।'

"बैरन ने अपनी नाक के नीचे छोटी-छोटी कटी हुई मूंछों को मोम से कड़ा कर रखा था जो किसी कीड़े के छोटे पंखों जैसी लगती थीं। मेरी बात सुनते हुए ये मूंछें विनोद से हिलने लगीं और अंत में वह ज़रा हंसा।

" 'मेरे विनोद के लिए माफ करना, होम्ज़ महाशय,' वह बोला, 'पर यह देखकर मुझे सचमुच बड़ा तमाशा अनुभव हो रहा है कि तुम बिना उस्तरे के हजामत बनाने की कोशिश कर रहे हो। मैं समझता हूं कि और किसी के लिए इतनी अच्छी तरह यह काम करना कठिन है, पर फिर भी, यह दयनीय है। तुम्हारे पास लकड़ी का उस्तरा तक तो है नहीं, होम्ज़ महाशय!'

" 'यह तो तुम्हारा खयाल है।'

" 'खयाल नहीं, जानकारी है। लो, मैं तुम्हें अपनी बात स्पष्ट कर दूं, क्योंकि मेरे पत्ते इतने ज़बरदस्त हैं कि मैं उन्हें दिखा सकता हूं। सौभाग्य से मुझे इस महिला का पूरा अनुराग पाने में सफलता मिली है। यह अनुराग मुझे इस तथ्य के बावजूद मिला कि मैंने उसे अपने पिछले जीवन की सब दुखदायी घटनाएं बिलकुल साफ-साफ बता दीं। मैंने उससे यह भी कह दिया कि कुछ दुष्ट और षड्यंत्रकारी लोग–आशा है कि तुम अपने स्वरूप को पहचानते हो–तुम्हारे पास आएंगे और तुमसे ये बातें कहेंगे और तुम उनसे यह व्यवहार करना। तुमने हिप्नोटिज़्म से उत्पन्न प्रभाव की बात सुनी होगी, होम्ज़ महाशय। तुम देख लोगे कि इसका कैसा प्रभाव होता है। क्योंकि सबल व्यक्तित्व वाला आदमी बिना कोई बेहूदगी पैदा किए हिप्नोटिज़्म का प्रयोग कर सकता है, इसलिए वह तुम्हारे लिए तैयार है, और मुझे कुछ संदेह

नहीं कि वह तुम्हें मिलने का मौका देगी, क्योंकि वह अपने पिता की इच्छा को पूरी तरह आदर करती है–केवल एक यह छोटा-सा मामला ही अपवाद है।'

"अब कहने के लिए कुछ और बाकी नहीं था, इसलिए मैंने जितनी शांति से सम्भव था उतनी शांति से उससे छुट्टी मांगी, पर ज्योंही मैंने दरवाज़े के किवाड़ पर अपना हाथ रखा त्योंही उसने मुझे रोका।

" 'अच्छा, होम्ज़ महाशय!' वह बोला, 'तुम फ्रेंच एजेंट लब्रून को जानते हो?'

" 'हां', मैंने कहा।

" 'तुम्हें पता है कि उसके साथ क्या हुआ था?'

" 'मैंने सुना था कि उसे कुछ आदिवासियों (हशियों) ने माउंट यारट के ज़िले में पीटा था और जीवन-भर के लिए बेकार कर दिया था।'

" 'बिलकुल ठीक, होम्ज़ महाशय। एक अजीब संयोग यह था कि वह एक सप्ताह पहले ही मेरे मामलों की जांच-पड़ताल कर रहा था। यह काम मत करो, होम्ज़ महाशय। इस काम में भाग्य साथ नहीं देगा। कई लोग इसका तजुर्बा कर चुके। मैं अंत में तुमसे यही कहता हूं कि तुम अपने रास्ते चलो और मुझे मेरे रास्ते चलने दो–गुड बाई।'

"इस प्रकार यहां तक बात पहुंची है, वाटसन। अब तुम्हें आज तक की जानकारी हो गई।"

"यह शख्स खतरनाक मालूम होता है।"

"बहुत खतरनाक। इसकी डींगों की मुझे परवाह नहीं है, पर यह उस किस्म का आदमी है जो जितना मन में होता है, उससे बहुत कम कहते हैं।"

"क्या तुम्हारा इस मामले में दखल देना ज़रूरी है? क्या इससे

सचमुच कुछ फर्क पड़ता है कि वह उस लड़की से शादी कर ले?"

"यदि यह सोचा जाए कि उसने अपनी पिछली पत्नी की निश्चित रूप से हत्या की थी तो मैं कहता हूं कि इससे बहुत फर्क पड़ता है, और फिर नियुक्तिकर्ता जो है। खैर, इस पर बहस करने की ज़रूरत नहीं। जब तुम कॉफ़ी पी चुको, तब मेरे साथ घर चले चलो क्योंकि हमारा दोस्त शिनवेल अपनी रिपोर्ट लेकर आ गया होगा।"

हमने देखा कि वह तगड़ा, गंवार, लाल चेहरे वाला आदमी वहां मौजूद था। उसकी चमकती हुई दो काली आंखें ही उसके बहुत चालाक मस्तिष्क का परिचय दे रही थीं। मालूम होता है कि उसने अपने खास राज्य में गहरा गोता लगाया था, और उसके साथ एक औरत बैठी थी जो छरहरी और चमकती हुई नौजवान औरत थी। उसका चेहरा फीका और उदास, पर जवानी से भरा हुआ था, पर वह पाप और दुःख से इतना क्लांत हो चुका था कि उसे देखने पर उसके पिछले जीवन की भयंकर कहानी सामने आ जाती थी।

"यह मिस किटी विंटर है।" शिनवेल जॉनसन ने अपना मोटा हाथ परिचय के तौर पर हिलाते हुए बोला, "जो बात इसकी समझ में नहीं आ रही...खैर, इस बारे में वह स्वयं कहेगी–होम्ज़ महाशय, आपकी चिट्ठी मिलने के एक घंटे के अंदर-अंदर मैंने ठीक इसे जा पकड़ा।"

"मुझे ढूंढ़ना आसान है," वह जवान औरत बोली, "इस लंदन के नरक में मैं हर बार मिल जाती हूं। पोरकी शिनवेल के लिए वही पता है। हम पुराने साथी हैं पोरकी, तुम और मैं। पर खुदा कसम, एक और भी आदमी है जिसे, अगर दुनिया में कोई इंसाफ है, तो हमसे भी

निचले नरक में होना चाहिए। यह वही आदमी है जिसके पीछे आप पड़े हैं, होम्ज़ महाशय।"

होम्ज़ मुस्कुराया, "मैंने सुना है, मिस विंटर कि तुम्हारी शुभकामनाएं हमारे साथ हैं।"

"अगर मैं उसे वहां पहुंचाने में मदद कर सकूं, जहां उसे होना चाहिए तो मैं जी-जान से आपके साथ हूं," मिस विंटर ने बड़े ज़ोर से कहा। उसके गोरे चेहरे और उसकी चमकती हुई आंखों में ऐसी तीव्र घृणा दिखाई दे रही थी जैसी स्त्रियों में बहुत कम होती है और पुरुषों में कभी भी नहीं होती। "मेरे पिछले जीवन के बारे में जानने की ज़रूरत नहीं होम्ज़ महाशय! उसने मुझे कहीं का नहीं रखा। पर मैं जो कुछ हूं, वह एडलबर्ट ग्रुनेर की ही करतूत से हूं। क्या कभी मुझे उसका नाश करने का मौका मिलेगा?" उसने जोश से अपने हाथ हवा में फटकारे, "मुझे कितनी खुशी होती अगर मैं उसे खींचकर उस गड्ढे में धकेल सकती, जहां उसने इतने सारे लोगों को फेंका है।"

"तुम्हें पता है कि मामला क्या है?"

"पोरकी शिनवेल ने मुझे बताया है। वह किसी दूसरी बेचारी मूर्ख के पीछे पड़ा हुआ है और इस बार उससे शादी करना चाहता है। आप इसे रोकना चाहते हैं। इस बदमाश के किसी भली लड़की से, जो अपने होशो-हवास में हो, विवाह को रोकने का उपाय आप निश्चय ही जानते हैं।"

"वह अपने होशो-हवास में नहीं है। वह प्रेम में पागल है। उसे उस आदमी के बारे में सब कुछ बता दिया गया है। वह कुछ परवाह नहीं करती।"

"हत्या के बारे में भी बता दिया गया है?"

"हां।"

"हे भगवान! बड़ा मज़बूत दिल है।"

"वह उन सब बातों को झूठ समझती है।"

"क्या आप उस बुद्धू के सामने कोई प्रमाण पेश नहीं कर सकते?"

"तो इसमें तुम हमारी मदद कर सकती हो।"

"क्या मैं स्वयं प्रमाण नहीं हूं। यदि मैं उसके सामने खड़ी हो जाऊं और उसे बताऊं कि किस तरह उस आदमी ने मुझे इस्तेमाल किया।"

"क्या तुम ऐसा करोगी?"

"क्या मैं करूंगी! क्यों नहीं करूंगी?"

"तो यह कोशिश कर देखनी चाहिए। पर उस आदमी ने उसे अपने अधिकतर पाप बता दिए हैं और उससे क्षमा प्राप्त कर ली है और मुझे मालूम हुआ है कि वह इस प्रश्न पर नए सिरे से विचार नहीं करेगी।"

"मैं उसे बताऊंगी कि उस आदमी ने उसे सब बातें नहीं बताई हैं" मिस विंटर ने कहा, "जिस हत्या पर इतना शोरगल हुआ, उसके अलावा एक या दो और हत्याओं का कुछ पता मुझे है। वह बड़े मीठे ढंग से किसी आदमी की चर्चा करता और फिर मेरी ओर टकटकी लगाकर देखता हुआ कहता, 'वह एक महीने के अंदर मर गया।' यह केवल बात-ही-बात नहीं थी। उस समय मैंने कुछ ध्यान नहीं दिया। मैं स्वयं उस समय उसके साथ प्रेम करती थी। उसने जो कुछ दूसरों के साथ किया था वही मेरे साथ किया। ठीक वही इस बेचारी मूर्ख के साथ हो रहा है। केवल एक चीज़ थी जिससे मैं कांप गई। हां, ईश्वर की कसम, उसकी ज़हरीली झूठी ज़बान में समझाने और शांत करने की अद्भुत शक्ति न होती तो मैं उसी रात उसे छोड़ आई होती। उसके पास

एक कापी है–बादामी रंग के चमड़े की जिल्द वाली यह कापी है जिस पर एक ताला है; और उसके बाहर सोने के बने हुए उसके शोभाचिह्न अंकित हैं। मेरा खयाल है कि उसने उस रात कुछ शराब पी रखी थी; नहीं तो उसने वह मुझे न दिखाई होती।"

"पर उसमें था क्या?"

"मैं बताती हूं होम्ज़ महाशय। यह आदमी उसी तरह औरतों का संग्रह करता है और अपने संग्रह पर गर्व करता है, जैसे कुछ लोग पतंगे या तितलियां संग्रह करते हैं। उसने वह सब इस कापी में रख रखा है–उनके फोटो, नाम, विवरण और उनके बारे में हर चीज़। यह एक पाशविक कापी है। यह एक ऐसी कापी है जो गंदे से गंदा आदमी भी कभी संगृहीत नहीं करेगा, पर फिर भी यह एडलबर्ट ग्रुनेर की कापी है। 'वे आत्माएं, जिन्हें मैंने बर्बाद किया है, उस कापी का नाम वह चाहे तो यह रख सकता है। परंतु वह बेकार है, क्योंकि उससे आपका काम नहीं सधेगा और यदि सधे भी तो वह आपको मिल नहीं सकती।"

"वह कहां है?"

"यह मैं कैसे कह सकती हूं कि वह अब कहां है। उसे छोड़े मुझे साल-भर से अधिक हो गया है। उस समय वह इसे कहां रखता था, यह तो मुझे पता है। बहुत-सी बातों में वह बड़ी बारीकी और स्वच्छता पसंद करने वाला बिलाव है। इसलिए हो सकता है कि वह अब भी उसकी अंदर की बैठक की मेज़ की दराज में हो। क्या आपको उसके घर की जानकारी है?"

"मैं बैठक में हो आया हूं," होम्ज़ ने कहा।

"हो आए हैं? तो यदि आपने आज सवेरे ही काम शुरू किया है तो

किया बड़ी तेज़ी से है। मालूम होता है, इस बार प्यारे एडलबर्ट को अपने मुकाबले का आदमी मिला है। बाहर की बैठक वह है जिसमें चीनी मिट्टी के बर्तन रखे हैं–खिड़कियों के बीच में कांच की बड़ी अलमारी है। उसकी डेस्क के पीछे वह दरवाज़ा है जिससे अंदर की बैठक में जाते हैं–यह छोटा-सा कमरा है जिसमें वह कागज़ और चीज़ें रखता है।"

"उसे चोरों का डर नहीं?"

"एडलबर्ट कायर नहीं है। उसका बड़े से बड़ा दुश्मन भी उसके बारे में यह नहीं कह सकता। वह अपनी सम्भाल करने में समर्थ है। रात के लिए वह घंटी लगी हुई है जो चोर के आने पर बजने लगती है। इसके अलावा, चोर के लिए वहां रखा ही क्या है जब तक कि चोर को वह बढ़िया चीनी-मिट्टी का सामान ही न ले जाना हो।"

"बिलकुल बेकार है।" शिनवेल जॉनसन ने विशेषज्ञ की तरह निश्चयसूचक आवाज़ में कहा, "कोई चोरी का माल खरीदने वाला दुकानदार ऐसी चीज़ नहीं चाहता जिसे न तो गलाया जा सकता हो, न बेचा जा सकता हो।"

"बिलकुल ठीक है।" होम्ज़ ने कहा, "अच्छा, अब मिस विंटर, यदि आप कल शाम पांच बजे यहां आ सकें तो इस बीच मैं देखूंगा कि आपके इस महिला से व्यक्तिगत भेंट करने के सुझाव पर अमल किया जा सकता है या नहीं। आपके सहयोग के लिए मैं आपका बहुत अधिक आभारी हूं। शायद यह कहने की ज़रूरत नहीं कि मेरे नियुक्तिकर्ता आपके पारिश्रमिक पर उदारतापूर्वक विचार..."

"नहीं, नहीं, मिस्टर होम्ज़, यह बात नहीं," नौजवान औरत ऊंची आवाज में बोली, "मैं पैसे के लिए नहीं आई हूं। मैं इस आदमी का मुंह काला करना चाहती हूं और यही मेरा पारिश्रमिक है–वह कीचड़

में धंस जाए और मेरा पैर उसके मनहूस मुंह पर हो, यही मेरी कीमत है। कल या और किसी भी दिन, जब तक आप उसके पीछे पड़े हुए हैं, मैं आपके साथ हूं। पोरकी से आपको हमेशा मेरा पता मिल जाएगा।"

फिर होम्ज़ से मेरी भेंट अगले दिन शाम को ही हुई जब हम फिर स्ट्रैंड रेस्टोरेंट में खाना खाने गए। मेरे यह पूछने पर कि मिस वायलेट से मुलाकात का क्या नतीजा हुआ, उसने अपने कंधे हिलाए। फिर उसने वह किस्सा सुनाया, जो इस प्रकार था :

"मिलने का समय लेने में कोई कठिनाई नहीं हुई," होम्ज़ ने कहा, "क्योंकि वह लड़की अपने पिता की इच्छा के विरुद्ध यह विवाह-सम्बंध करने का प्रायश्चित्त करने के लिए और सब गौण बातों में पिता की आज्ञा का पूरी तरह से पालन करती है। जनरल ने टेलीफ़ोन पर बताया कि सब कुछ तैयार है और जोशीली मिस विंटर बताए हुए समय पर पहुंच गई, जिससे साढ़े पांच बजे हम एक टैक्सी से 104, बर्कले स्क्वेयर के बाहर उतर गए जहां वह वृद्ध सेनापति रहता है–यह लंदन के उन विशालकाय किलों में से है जिनके सामने चर्च तुच्छ लगते हैं। एक संतरी हमें पीले परदों वाले एक बड़े बैठकखाने में ले गया और वहां वह महिला हमारी प्रतीक्षा कर रही थी। वह गम्भीर, सफेद और स्थिर बैठी हुई ऐसी लग रही थी जैसे किसी पर्वत पर कोई बर्फ की मूर्ति हो।

"मेरी समझ में नहीं आता वाटसन कि तुम्हारे सामने उसका कैसे चित्रण करूं। शायद यह मामला पूरा होने से पहले तुम्हें उससे मिलने का मौका मिले और तब तुम अपने वाक्चातुर्य का प्रयोग कर सकते हो। वह सुंदर है, पर उसकी सुंदरता ऐसी अलौकिक और काल्पनिक-

सी, ऐसे उत्साही व्यक्ति की-सी लगती है जिसके विचार कहीं बहुत ऊंचाई पर जमे हुए हों। मैंने मध्ययुग के प्रसिद्ध कलाकारों की कृतियों में ऐसे चित्र देखे हैं। यह नर-पशु ऐसी स्वर्गीय आभा पर अपने धूर्त पंजे कैसे गड़ा सका, यह मेरी कल्पना में नहीं आता। तुमने देखा होगा, किस तरह चरम रूप एक-दूसरे से मिल जाते हैं–आत्मिक रूप पाशविक से, जंगली-असभ्य आदमी फरिश्ते से। तुमने इससे अच्छा मामला कभी नहीं देखा होगा।

"उसे पता था कि हम किस काम के लिए आए हैं। उस बदमाश ने फौरन ही हमारे खिलाफ उसके कान भर दिए थे। मिस विंटर के आने से वह ज़रूर चकित हुई, पर उसने हमें इशारे से कुर्सियों पर बैठने के लिए कहा–इस तरह जैसे कोई पादरिन दो कोढ़ी साधुओं को मिलने का मौका दे रही हो। प्यारे वाटसन, अगर तुम्हारा दिमाग बहुत ऊंचा हो रहा हो तो एक बार वायलेट डी मेरविल से मुलाकात कर लो।

" 'अच्छा जनाब', वह बर्फ के पहाड़ से आती हुई हवा जैसी आवाज़ में बोली, आपके नाम से मैं परिचित हूं। मुझे मालूम हुआ है कि आप मेरे मनपसंद दूल्हे बैरन ग्रुनेर को बदनाम करने आए हैं। अपने पिता की प्रार्थना पर मैं आपसे मिल रही हूं और मैं पहले ही आपको चेतावनी दे दूं कि आप जो कुछ भी कह सकते हैं, उससे मेरे मन पर ज़रा भी प्रभाव नहीं पड़ेगा।'

"मुझे उसके लिए अफसोस हुआ, वाटसन। उस समय मैं उसी तरह उसके बारे में सोच रहा था जैसे मैं अपनी सगी लड़की के बारे में सोचता। मैं प्रायः अधिक नहीं बोलता। मैं अपने दिमाग से काम लेता हूं, दिल से नहीं। पर मैंने उसे, जहां तक मेरे लिए सम्भव था वहां तक, अधिक-से-अधिक स्नेहपूर्ण शब्दों में समझाया। मैंने उसके

सामने उस औरत की भयंकर स्थिति पेश की जिसे किसी मनुष्य के चरित्र का उसकी पत्नी बन जाने के बाद ही पता चलता है। मैंने उसके सामने शर्म, भय, मानसिक पीड़ा और इस सबकी निष्फलता का चित्र खींचा। पर मेरी सारी उत्साहपूर्ण बातचीत से उसके चेहरे के रंग में लेशमात्र भी अंतर नहीं आया और उसकी भावशून्य आंखों में भावावेश की ज़रा भी चमक नहीं दिखाई दी। मुझे उस बदमाश की हिप्नोटिज्म के प्रभाव वाली बात याद आई। सचमुच ऐसा मालूम होता था कि वह किसी आनंददायक स्वप्न में कहीं किसी और लोक में रह रही है। पर फिर भी उसके जवाबों में कोई अनिश्चितता नहीं थी।

" 'मैंने आपकी बात धीरज से सुनी है, मिस्टर होम्ज़,' वह बोली, 'मेरे मन पर ठीक वही प्रभाव पड़ा है जो मैंने पहले बता दिया है। मुझे पता है कि मेरा मनपसंद दूल्हा प्रचंड जीवन बिता चुका है, जिसमें उसके विरुद्ध लोगों में बड़ी घृणा और बहुत अनुचित कलंक-कथाएं पैदा हो गई हैं। इस तरह की निंदा की बातें मेरे सामने लाने वाले लोगों में आप अंतिम आदमी हैं। शायद आपका आशय अच्छा हो, यद्यपि मुझे पता लगा है कि आप पैसा लेकर काम करने वाले आदमी हैं और जिस तरह आप बैरन के विरुद्ध कार्य कर रहे हैं, वैसे ही उसके पक्ष में भी काम करने को तैयार हो जाते। खैर, जो भी हो, मैं चाहती हूं कि आप यह बात हमेशा के लिए संमझ लें कि मैं उससे प्रेम करती हूं और वह मुझसे प्रेम करता है और सारी दुनिया की राय का मेरे लिए उससे अधिक महत्त्व नहीं जितना खिड़की के बाहर बैठी चिड़ियों के चहचहाने का। यदि उसकी महान प्रकृति में कभी कोई क्षणिक गिरावट आई है तो सम्भव है कि भगवान ने मुझे इसी काम के लिए भेजा हो कि मैं उसे उसके सच्चे और ऊंचे स्तर पर पहुंचा सकूं।...मुझे

यह पता नहीं चला,' उसने मिस विंटर की ओर नज़र घुमाते हुए कहा, 'कि यह तरुण महिला कौन है?'

"मैं जवाब देने वाला ही था कि वह लड़की तूफान की तरह टूट पड़ी। यदि तुमने ज्वाला और बर्फ को आमने-सामने कभी देखा हो तो वे दो स्त्रियां ऐसी थीं।

" 'मैं तुम्हें बताती हूं कि मैं कौन हूं,' वह कुर्सी से उछलती हुई ज़ोर से बोली। उसका सारा मुंह जोश से टेढ़ा हो गया, 'मैं उसकी पिछली औरत हूं। मैं उन एक सौ औरतों में से हूं जिन्हें उसने फुसलाया, इस्तेमाल किया, बर्बाद किया और कूड़े के ढेर पर फेंक दिया और इसी तरह वह तुम्हें फेंक देगा। तुम्हारा कूड़े का ढेर बहुत सम्भवतः कब्र ही होगी और शायद यही सबसे अच्छी बात होगी। मूर्ख औरत, मैं तुम्हें बताती हूं। यदि तुमने उस आदमी से शादी की तो वह तुम्हारी मौत सिद्ध होगा। चाहे दिल टूटे, चाहे गरदन टूटे, पर वह तुम्हें किसी-न-किसी ठिकाने लगा देगा। मैं तुमसे कोई मुहब्बत होने के कारण यह सब नहीं कह रही। मुझे तिल-भर भी परवाह नहीं कि तुम ज़िंदा रहती हो या मरती हो। मैं तो उस आदमी से घृणा के कारण और उसने जो कुछ मेरे साथ किया है, उसका उससे बदला लेने के लिए कह रही हूं। पर बात बिलकुल यही है और मेरी ओर इस तरह की नज़र से मत देखो, क्योंकि इस मामले के पूरा होने से पहले ही तुम शायद मुझसे भी नीचे पहुंच जाओगी।'

" 'मैं इन मामलों पर बातचीत नहीं करना चाहती।' मिस वायलेट डी मेरविल ने उपेक्षा से कहा, 'मैं अंतिम बार कह रही हूं कि मुझे अपने मनपसंद दूल्हे के जीवन की ऐसी तीन घटनाओं का पता है जिनमें वह धूर्त स्त्रियों के चंगुल में फंस गया था और मुझे पक्का

भरोसा है कि यदि उसने कोई बुरा काम किया था तो उसके लिए वह दिल से पश्चात्ताप कर चुका

" 'तीन घटनाएं!' मिस विंटर चीखकर बोली, 'बुद्धू, बेवकूफ औरत!'

" 'मिस्टर होम्ज़, मैं निवेदन करती हूं कि अब यह मुलाकात खत्म की जाए,' वह शीतल आवाज में बोली, 'मैंने अपने पिता की इच्छा पूरी करने के लिए आपसे मुलाकात की, पर मैं इस औरत की बकवास सुनने के लिए मजबूर नहीं हूं।'

" कसम खाकर कहता हूं कि मिस विंटर आगे को झुकी। अगर मैंने उसकी कलाई न पकड़ ली होती तो उसने पागलपन की ओर जाती हुई उस औरत के बाल नोच लिए होते। मैंने उसे दरवाज़े की ओर घसीटा, और किस्मत ने साथ दिया कि मैं बिना कोई तमाशा खड़ा किए उसे स्कूटर में बिठा सका क्योंकि वह गुस्से के मारे आपे से बाहर हो रही थी। मन-ही-मन मैं भी बड़ा क्रुद्ध था वाटसन, क्योंकि इस औरत की, जिसे हम बचाने की कोशिश कर रहे हैं, शांत उदासीनता और अत्यधिक आत्मसंतुष्टि इतनी अधिक परेशान करने वाली थी कि उसका वर्णन नहीं किया जा सकता। अब तुम्हें फिर पता चला कि हम ठीक-ठीक कहां हैं, और स्पष्ट है कि मुझे और नया तरीका सोचना होगा क्योंकि यह उपाय नहीं चलेगा। मैं तुमसे सम्पर्क बनाए रखूंगा वाटसन, क्योंकि सम्भव यही है कि तुम्हें कुछ काम करना पड़ेगा। पर बहुत सम्भव है कि अगली चाल हमारी ओर से न होकर उनकी ओर से हो।"

और सचमुच ऐसा ही हुआ। उनका वार पड़ा या उसका वार कहना

अधिक ठीक होगा, क्योंकि मैं यह कभी विश्वास नहीं कर सकता कि उस महिला को इस बात की जानकारी थी। मैं समझता हूं कि मैं आपको पटरी का वह पत्थर ठीक-ठीक दिखा सकता हूं जिस पर खड़े हुए मेरी नज़र एक इश्तहार पर पड़ी और मेरा अंग-अंग भय और आतंक से सुन्न हो गया। ग्रांड होटल और चेरिंग क्रॉस स्टेशन के बीच में एक लंगड़ा हॉकर अपने शाम के अखबार रखे बैठा था। उस पर हमारी पिछली बातचीत के दो दिन बाद की तारीख थी। पीले कागज़ पर काले अक्षरों में यह भीषण समाचार छपा हुआ था :

शरलक होम्ज़ पर घातक हमला

मैं समझता हूं कि कुछ क्षण तक मैं स्तब्ध खड़ा रहा। फिर मुझे धुंधली-सी याद आती है कि मैंने एक अखबार छीन लिया। उस आदमी ने, जिसे मैंने पैसे नहीं दिए थे, मुझे टोका; और अंत में मैं एक कैमिस्ट की दुकान में खड़ा हो गया और उस समय इस महत्त्वपूर्ण पैरे पर मेरी नज़र गई :

> "हमें यह जानकर दुःख हुआ है कि मशहूर प्राइवेट जासूस श्री शरलक होम्ज़ पर आज सवेरे एक घातक हमला हुआ, जिससे उनकी हालत बड़ी चिंताजनक है। विस्तृत विवरण अभी नहीं मिला है, पर यह घटना काफे रायल के बाहर रीजेंट स्ट्रीट में लगभग बारह बजे हुई मालूम होती है। हमला दो आदमियों ने छड़ियों से किया और श्री होम्ज़ के सिर और शरीर पर वार किए, जिससे उन्हें लगी चोटें बहुत गम्भीर

बताई जाती हैं। उन्हें चेरिंग क्रॉस हस्पताल ले जाया गया। जिन बदमाशों ने उन पर हमला किया. वे अच्छी वेशभूषा में थे और वे काफे रायल में होकर उसके पीछे वाली ग्लास हाउस स्ट्रीट में निकल गए, जिससे पकड़ में नहीं आ सके। निश्चय ही वे उस बदमाश समुदाय के आदमी थे जिसे घायल व्यक्ति की गतिविधियों और बुद्धि-कौशल से इतनी बार परेशानी उठानी पड़ी है।"

कहने की आवश्यकता नहीं कि मैंने इस पैरे को मुश्किल से ही पूरा किया और मैं कूदकर एक टैक्सी में बैठ गया और बेकर स्ट्रीट की ओर चल पड़ा। वहां पहुंचने पर मैंने प्रसिद्ध सर्जन सर लेज़ली ओकशॉट को देखा जिनकी गाड़ी बाहर प्रतीक्षा कर रही थी।

"तत्काल कोई खतरा नहीं," यह उनकी रिपोर्ट थी, "खोपड़ी दो जगह फट गई है और कई जगह छिल गई है। कई टांके लगाने पड़े हैं। मारफीन का इंजेक्शन दिया गया है और शांति आवश्यक है, पर दो-चार मिनट की मुलाकात में कोई हर्ज नहीं।"

इस अनुमति से मैं दबे पांव अंधेरे कमरे में पहुंचा। रोगी अच्छी तरह जागा हुआ था और मैंने अपना नाम फुसफुसाहट में सुना। चिक तीन-चौथाई लटकी हुई थी, पर धूप की एक किरण तिरछी होकर आ रही थी और रोगी के पट्टियों से बंधे हुए सिर पर पड़ रही थी। सफेद पट्टी भीगकर सुर्ख हो गई थी। मैं उसके पास बैठ गया और मैंने अपना सिर नीचे किया।

"सब ठीक है वाटसन, इतने घबराओ मत।" उसने बड़ी कमजोर आवाज़ में धीरे-से कहा, "हालत उतनी खराब नहीं है जितनी मालूम

होती है।"

"यह भगवान की बड़ी कृपा है कि..."

"तुम जानते हो कि मैं अकेली लाठी का मुकाबला करने में काफी होशियार हूं। अधिकतर हमलों को मैंने बचा लिया, पर दूसरा आदमी मुझे भारी पड़ा।"

"मेरे लिए क्या सेवा है, होम्ज़? वे अवश्य उसी बदमाश के भेजे हुए थे। अगर तुम कह दो तो मैं अभी जाकर उसकी खाल खींच लूं।"

"प्यारे वाटसन, नहीं। जब तक पुलिस उन आदमियों को न पकड़े, तब तक हम कुछ नहीं कर सकते। पर वे भागने की पूरी तैयारी करके आए थे, यह बात पक्की समझो। थोड़ी देर ठहरो। मैंने योजना बना ली है। पहली बात तो यह है कि मेरी चोटों को खूब बढ़ा-चढ़ाकर बताओ। लोग तुमसे पूछने आएंगे। इसे खूब बढ़ा-चढ़ाकर बताओ– अगर मैं सप्ताह-भर जी जाऊं तो बड़ी बात है, अंदर की चोट लगी है, डिलीरियम हो रहा है, वगैरह-वगैरह। यह काम तुमसे अच्छी तरह कौन कर सकता है।"

पर सर लेज़ली ओकशॉट?"

"ओह, वह सब ठीक है। उसे मेरा बुरा हिस्सा ही दिखाई देगा। उसकी फिक्र मैं कर लूंगा।"

"कोई और बात?"

"हां, शिनवेल जॉनसन से कह देना कि उस लड़की को उनके हमले से बचाए रखे। वे बदमाश अब उसके पीछे पड़ेंगे। निश्चित ही उन्हें पता है कि इस मामले में वह मेरे साथ थी। जब उन्होंने मुझे चोट पहुंचाने की हिम्मत की है तो यह सम्भावना नहीं है कि वे उसको छोड़ देंगे। यह बहुत ज़रूरी बात है। इसे आज रात ही कर डालो।"

"मैं अभी चला जाऊंगा। कोई और बात?"

"मेरा सिगार मेज़ पर रख दो और तम्बाकू भी। ठीक है। रोज़ सवेरे आया करो और हम अपने कार्य की योजना बनाएंगे।"

मैंने जॉनसन से उस दिन शाम को यह तय किया कि वह मिस विंटर को किसी शांत उपनगर में ले जाए और यह ध्यान रखे कि वह तब तक छिपी रहे जब तक खतरा खत्म न हो जाए।

सात दिन तक जनता यही समझती रही कि होम्ज़ मौत के दरवाज़े पर है। बुलेटिनों में बड़ी गम्भीर बात होती थी और अखबारों में बड़ी भयानक बातें छप रही थीं। मेरे बीच-बीच में आते रहने से मुझे यह निश्चय हो गया था कि हालत इतनी खराब नहीं थी। उसके दुबले-पतले शरीर और दृढ संकल्प-शक्ति ने आश्चर्यजनक काम किया। उसकी हालत बड़ी तेज़ी से सुधर रही थी और कभी-कभी मुझे यह संदेह होता था कि वह, जैसा मेरे सामने भी बनता है, उससे अधिक तेज़ी से स्वस्थ हो रहा है।

उस आदमी में एक अजीब रहस्यमयता थी जिससे बड़े नाटकीय परिणाम होते थे, पर उसके घनिष्ठ मित्र भी यह नहीं जान पाते थे कि उसकी असली योजना क्या है। उसने इस कहावत को अक्षरशः पूरा किया था कि वही षड्यंत्रकारी सुरक्षित रह सकता है जो अकेला षड्यंत्र करता है। मैं और सबकी अपेक्षा अधिक घनिष्ठ था, पर फिर भी मुझे सदा अपने और उसके बीच के अंतर का ध्यान रहता था।

सातवें दिन टांके खोले गए, पर इसके बावजूद शाम के अखबारों में विसर्प रोग हो जाने की खबर छपी। उसी शाम के अखबारों में एक

ऐलान भी छपा जो मैं बीमार होता या स्वस्थ, हर सूरत में अपने मित्र के पास ले जाता। यह ऐलान इतना ही था कि लिवरपूल से शुक्रवार को छूटने वाले जहाज़ रूरिटैनिया के यात्रियों में बैरन एडलबर्ट ग्रुनेर भी है जिसे मिस वायलेट डी मेरविल से, जो अपने पिता की एकमात्र पुत्री है, होने वाले विवाह से पहले अमेरिका में रुपए-पैसे के कुछ महत्त्वपूर्ण मामले निपटाने हैं। यह खबर सुनकर होम्ज़ के पीले चेहरे पर तनाव आ गया जिससे मुझे पता चल गया कि इस खबर का उस पर बहुत प्रभाव हुआ।

"शुक्रवार !" वह ज़ोर से बोला, "केवल तीन दिन हैं। मैं समझता हूं कि यह बदमाश अपने-आपको खतरे से दूर रखना चाहता है। पर वह ऐसा कर न सकेगा वाटसन! ईश्वर की कसम, वह ऐसा नहीं कर सकेगा। अच्छा वाटसन, मैं चाहता हूं कि तुम मेरे लिए एक काम करो।"

"मैं तो हूं ही काम करने के लिए, होम्ज़।"

"अच्छा तो जाओ, अगले चौबीस घंटे चीनी बर्तन-कला का गहरा अध्ययन करने में लगाओ।"

उसने इसका कोई कारण न बताया और न मैंने उससे पूछा। लम्बे अनुभव से मैं जान चुका था कि आज्ञा-पालन ही बुद्धिमत्ता है। पर जब मैं उसके कमरे से निकलकर बेकर स्ट्रीट में चलने लगा, तब मेरे दिमाग में यही बात घूम रही थी कि इस अजीब आज्ञा का कैसे पालन करूं? अंत में मैं सेंट जेम्स स्क्वेयर में लंदन लाइब्रेरी पहुंचा और मैंने पुस्तकालय के उपाध्यक्ष अपने मित्र लोमैक्स के सामने अपना मसला पेश किया और एक मोटी-सी पुस्तक बगल में दबाकर अपने कमरे में आ गया।

कहा जाता है कि जो बैरिस्टर इतनी सावधानी से किसी मामले की बातें याद रखता है कि वह सोमवार को किसी विशेषज्ञ गवाह से बहस कर सके, वह अपना सारा ज़बरदस्ती भरा हुआ ज्ञान शनिवार से पहले ही भूल जाता है। निश्चय ही अब मैं बर्तन-शास्त्र के बारे में विशेषज्ञ होने का दावा नहीं करता, पर फिर भी उस सारे सायंकाल और सारी रात बीच में थोड़ी देर आराम करके और अगले सारे सवेरे के समय जब मैं जानकारी अपने दिमाग में भर रहा था और नाम रट रहा था, तब मुझे महान कलाकारों की विशेषताओं, हुंग हू की पहचान, युंग लो के सौंदर्य, सांगयिंग की लिखावट और सुंग तथा यूआंग के आरम्भिक कालों की महानता का पता चला। अगले दिन शाम को यह सब जानकारी अपने दिमाग में भरकर मैं होम्ज़ के पास पहुंचा। अब वह बिस्तर छोड़ चुका था, हालांकि अखबारों में छपी खबरों से यह अनुमान भी नहीं हो सकता था; और वह अपनी प्रिय आरामकुर्सी में धंसा हुआ अपना पट्टियों-भरा सिर अपने हाथ पर टिकाए बैठा था।

"क्यों, होम्ज़!" मैंने कहा, "अखबारों का विश्वास किया जाए तो तुम मरने वाले हो।"

"यही बात," वह बोला, "मैं लोगों को जतलाना चाहता हूं। अच्छा वाटसन, तुमने अपना सबक याद कर लिया?"

"कम-से-कम याद करने की कोशिश तो मैंने की है।"

"बहुत अच्छा। इस विषय पर तुम होशियारी से बातचीत तो कर सकते हो?"

"मेरा खयाल है कि मैं कर सकूंगा।"

"तो अंगीठी पर से वह छोटा डिब्बा उठाओ।"

उसने ढक्कन हटाया और बढ़िया रेशमी कपड़े में लिपटी हुई एक

छोटी-सी चीज़ बहुत सावधानी से खोली। कपड़ा हटाकर उसने उसमें से एक बहुत सुंदर गहरे नीले रंग की छोटी-सी नाजुक तश्तरी निकाली।

"इसे बहुत सम्भालकर छूना चाहिए वाटसन! यह मिंग वंश का असली अंडे के छिलके का बर्तन है। इससे अधिक बढ़िया चीज़ कभी क्रिस्टी के पास भी नहीं आई। इसके पूरे सैट की कीमत एक राजा की कीमत के बराबर होगी। सच पूछो तो इसमें संदेह है कि पेकिंग के राजमहल के अलावा और कहीं पूरा सैट है भी। इसको देखकर ही असली कला-मर्मज्ञ खुशी से पागल हो जाएगा।"

"मुझे इसका क्या करना है?"

होम्ज़ ने मुझे एक कार्ड दिया जिस पर ये शब्द छपे थे : डॉ. हिलबारटन, 369, हाफमून स्ट्रीट।

"अब शाम तक तुम्हारा यह नाम रहेगा वाटसन। तुम बैरन ग्रुनेर के पास जाना। मुझे उसकी दिनचर्या का पता है और सम्भावना है कि वह साढ़े आठ बजे खाली होगा। एक चिट्ठी लिखकर उसे जतला देना कि तुम आने वाले हो और अपने साथ मिंग वंश के बर्तनों के एक अनुपम सैट का नमूना ला रहे हो। तुम डॉक्टर तो हो ही, इसलिए डॉक्टर का काम बिना दुविधा के कर सकते हो। तुम कला-मर्मज्ञ हो। यह सैट तुम्हारे पास कहीं से आ गया है। तुमने इस मामले में बैरन की दिलचस्पी की बात सुनी है और कीमत लेकर इसे बेचने में तुम्हें कोई हिचक नहीं है।"

"कितनी कीमत?"

"ठीक सवाल किया वाटसन। अगर तुम अपनी चीज़ का मूल्य नहीं जानते तो बेशक बुरी तरह मात खा जाओगे। यह तश्तरी मुझे सर जेम्स ने लाकर दी है और मैं समझता हूं कि यह उसके नियुक्तिकर्ता के

संग्रह में से लाई गई है। यदि तुम यह कहो तो अतिशयोक्ति नहीं होगी कि संसार में इसके मुकाबले की चीज़ मिलनी कठिन है।"

"शायद मैं यह सुझाव दे सकता हूं कि सैट की कीमत किसी विशेषज्ञ से लगवाई जाए।"

"बहुत बढ़िया वाटसन। आज तो तुम्हारी प्रतिभा जाग्रत है। क्रिस्टी या शोथबी का नाम सुझा देना। तुम स्वयं कीमत लगाना अपने गौरव के अनुरूप नहीं समझते।"

"पर यदि वह मुझसे मुलाकात न करे ?"

"वह करेगा, ज़रूर करेगा। उसे संग्रह करने की बड़ी गहरी सनक है, विशेष रूप से इस विषय में तो वह एक माना हुआ विशेषज्ञ है। बैठ जाओ वाटसन और मैं तुम्हें पत्र लिखवा दूंगा। किसी उत्तर की दरकार नहीं। तुम्हें सिर्फ़ यह बताना है कि तुम आ रहे हो और किसलिए आ रहे हो।"

यह बड़ा बढ़िया पत्र था–संक्षिप्त, विनम्र और संग्रहकर्ता की उत्सुकता बढ़ाने वाला। यह स्थानीय हरकारे को दे दिया गया। उसी दिन शाम को हाथ में वह मूल्यवान तश्तरी और जेब में डॉ. हिलबारटन का कार्ड लिए हुए मैं अपने कार्यक्रम पर चल पड़ा।

सुंदर मकान और मैदान से पता चलता था कि बैरन ग्रुनेर, जैसाकि सर जेम्स ने कहा था, बड़ा धनी आदमी था। लम्बी चक्करदार सड़क, जिसके दोनों ओर दुर्लभ झाड़ियों की कतार थी, एक बड़े पक्के चौराहे पर पहुंचती थी, जिस पर मूर्तियां लगी हुई थीं। यह जगह दक्षिण अफ्रीका के किसी सोने के व्यापारी ने सोने की कीमतें बहुत ऊंची जाने

के दिनों में बनवाई थी। और वह लम्बा नीचा मकान, जिसके कोनों पर बुर्जियां थीं, बनावट में अजीबोगरीब होने पर भी अपने आकार और दृढ़ता के कारण प्रभावोत्पादक था। एक नौकर, जो पादरी होने के लायक था, मुझे अंदर ले गया और उसने मुझे चमचमाते कपड़ों वाले एक संतरी के पास पहुंचाया, जो मुझे बैरन के सामने ले गया।

वह खिड़कियों के बीच में रखी हुई एक बड़ी अलमारी, जिसमें चीनी के बर्तनों का उसका कुछ संग्रह रखा था, के खुले दरवाज़े के सामने खड़ा था। जब मैं घुसा, तब वह एक छोटा बादामी रंग का फूलदान लिए हुए मेरी ओर मुड़ा।

"बैठिए डॉक्टर साहब," वह बोला, "मैं अपने संग्रह पर नज़र डालकर आश्चर्य से यह सोच रहा था कि क्या सचमुच इसमें कोई वृद्धि की जा सकती है। यह छोटा-सा तांग नमूना, जो सातवीं शताब्दी का है, शायद आपके लिए दिलचस्प होगा। मुझे निश्चय है कि आपने इससे बढ़िया कारीगरी और इससे सुंदर रोगन नहीं देखा होगा। जिस मिंग तश्तरी की बात आपने लिखी थी, क्या वह आप साथ लाए हैं?"

मैंने उस तश्तरी को सावधानी से खोला और वह उसके हाथ में दे दी। वह अपनी डेस्क के पास बैठ गया और अंधेरा हो जाने के कारण लैम्प अपनी ओर खींचकर उसकी जांच करने लगा। उस समय पीला प्रकाश उसके चेहरे पर पड़ रहा था और मैं आराम से उसके चेहरे के भावों की जांच-परख कर सकता था।

निश्चय ही वह बड़ा सुंदर आदमी था। यूरोप में उसके रूप की प्रसिद्धि उचित ही थी। उसका कद मझोला ही था पर बाह्य रूपरेखा बड़ी शोभायुक्त लगती थी। उसका चेहरा पूरब के निवासियों की तरह काला-सा था और आंखें बड़ी-बड़ी, काली और मस्तानी थीं, जो आसानी

से स्त्रियों के लिए बड़ा प्रबल आकर्षण बन जातीं। उसके बाल और मूंछें बिलकुल काली थीं और मूंछे छोटी-छोटी, नोकदार और मोम से सावधानी से सख्त की हुई थीं। उसका चेहरा सुंदर और आकर्षक, पर उसका मुंह सीधा और होंठ पतले थे। यदि मैंने कभी किसी हत्यारे का मुंह देखा था तो वह यही था। उसने अपनी मूंछें कटवाकर अच्छा नहीं किया क्योंकि प्रकृति ने उसके आक्रमण के शिकार होने वालों को चेतावनी देने के लिए वह खतरे का सिगनल लगा दिया था। उसकी आवाज़ आकर्षक थी और उसका ऊपरी व्यवहार आदर्श था। मेरा अंदाज़ा तो यह था कि उसकी आयु तीस के थोड़ी-बहुत ही अधिक होगी, पर बाद में रिकॉर्ड से पता चला कि वह बयालीस थी।

"बहुत सुंदर–बहुत ही सुंदर!" अंत में वह बोला, "और आप कहते हैं कि आपके पास इस तरह का छः का सैट है। मुझे यह देखकर ताज्जुब हो रहा है कि ऐसे बढ़िया नमूने की बात मेरे कान में कभी नहीं पड़ी। इस तरह का केवल एक नमूना इंग्लैंड में मुझे पता है, पर निश्चय ही वह बाज़ार में नहीं आ सकता। क्या आपसे मेरा यह पूछना अनुचित होगा, डॉक्टर हिलबारटन कि आपके पास यह कैसे आया?"

"क्या इस बात का सचमुच कोई महत्त्व है?" मैंने यथासम्भव लापरवाही का रुख दिखाते हुए पूछा, "आप देख सकते हैं कि चीज़ असली है और कीमत के बारे में मैं किसी विशेषज्ञ द्वारा लगाई गई कीमत से संतुष्ट हो जाऊंगा।"

"बड़ा रहस्यपूर्ण मामला है," वह बोला, और उसकी काली आंखों में संदेह की एक झलक तेज़ी से आई और चली गई। "इतनी मूल्यवान वस्तुओं का सौदा करते समय आदमी स्वभावतः सौदे के

बारे में सब कुछ जानना चाहता है। चीज़ असली है, यह निश्चित है। इसके बारे में मुझे ज़रा भी शक नहीं। पर मान लीजिए–मुझे हर सम्भावना का ध्यान रखना होगा–कि बाद में यह सिद्ध हो कि आपको इसे बेचने का कोई अधिकार नहीं था?"

"मैं आपको हर तरह के दावे से बचाने की गारंटी करूंगा।"

"इस पर स्पष्टतः यह सवाल पैदा होता है कि आपकी गारंटी क्या है?"

"इसका जवाब मेरे बैंकर देंगे।"

"बिलकुल ठीक, पर फिर भी यह सारा सौदा मुझे कुछ नए ढंग का लगता है।"

"आप चाहें तो सौदा कर सकते हैं, न चाहें तो आपकी खुशी है!" मैंने उपेक्षा से कहा, "मैंने आपके सामने पहला प्रस्ताव रखा है, क्योंकि मैं जानता था कि आप इसके संग्रह के शौकीन हैं, पर इसकी जगह मुझे कोई कठिनाई नहीं होगी।"

"आपसे किसने कहा कि मैं संग्रह का शौकीन हूं?"

"मुझे पता है कि आपने इस विषय पर एक पुस्तक लिखी है।

"क्या आपने वह पुस्तक पढ़ी है?"

"नहीं।"

"लीजिए, मेरे लिए सारा मामला अधिकाधिक उलझनदार होता जाता है। आप संग्रह के शौकीन हैं और आपके पास एक बहुत मूल्यवान वस्तु है, पर फिर भी आपने वह एकमात्र पुस्तक पढ़ने की कभी कोशिश नहीं की जिससे आपको, जो चीज़ आपके पास है, उसका वास्तविक मूल्य पता चल जाता। इसका आप क्या जवाब देते हैं?"

"मैं बहुत व्यस्त आदमी हूं। मैं डॉक्टर का कार्य करता हूं।"

"यह कोई जवाब नहीं। जब किसी आदमी को कोई शौक होता है, तब वह उसके बारे में अधिकाधिक जानना चाहता है, चाहे उसका पेशा कुछ भी हो। आपने पत्र में लिखा था कि आप कला-मर्मज्ञ हैं।"

"वह तो मैं हूं ही।"

"क्या मैं आपकी जांच करने के लिए आपसे कुछ प्रश्न पूछ सकता हूं? डॉक्टर साहब–यदि आप सचमुच डॉक्टर हैं–मुझे आपसे कहना पड़ता है कि मामला अधिकाधिक संदेहजनक होता जाता है। मैं आपसे यह पूछना चाहता हूं कि आपको सम्राट शो मूह के बारे में क्या पता है और उसका नारा के निकट शो सो इन से क्या सम्बंध है? कहिए, कुछ समझ में नहीं आया? तो मुझे उत्तरी वे ई वंश के बारे में ही कुछ बता दीजिए। चीनी मिट्टी शास्त्र के इतिहास में उसका क्या स्थान है?"

मैं दिखावटी क्रोध से कुर्सी से उछलकर खड़ा हो गया।

"महाशय जी, यह सब बात असह्य है!" मैं बोला, "मैं यहां आप पर कुछ रियायत करने आया था, स्कूल के बच्चे की तरह परीक्षा देने नहीं। इन विषयों का मेरा ज्ञान आपके मुकाबले नम्बर दो हो सकता है, पर ऐसे भद्दे ढंग से पूछे गए सवालों का निश्चय ही मैं कोई जवाब नहीं दूंगा।"

वह एकदम मेरी ओर देखने लगा। उसकी आंखों की सुस्ती दूर हो गई। वे एकाएक चमकने लगीं। उन क्रूर होंठों से दांतों की चमक दिखाई देने लगी।

"यह क्या चक्कर है? तुम यहां जासूस बनकर आए हो! तुम्हें होम्ज़ ने भेजा है! तुम मुझसे यह चालाकी खेल रहे हो! वह खुद तो, मैं सुनता

हूं, मर रहा है, इसलिए उसने अपने आदमियों को मुझ पर पहरा देने भेजा है। तुम बिना इजाजत अंदर आए हो और समझ लो कि अंदर आना जितना आसान था, बाहर जाना उतना आसान नहीं होगा।"

वह उठकर खड़ा हो गया था और मैं दो कदम पीछे हटकर हमले के लिए अपने को तैयार करने लगा, क्योंकि वह गुस्से के मारे आपे से बाहर था। उसने शुरू से ही संदेह किया होगा। इस जिरह से उसे सचाई का पता चल गया, पर यह स्पष्ट था कि मैं उसे धोखा दे सकने की आशा नहीं कर सकता था। उसने पास की दराज में अपना हाथ डाला और जल्दी-जल्दी कुछ टटोलने लगा। इसके बाद उसे कुछ आवाज सुनाई दी, क्योंकि वह रुककर बड़े ध्यान से सुनने लगा।

"आह!" वह चिल्लाया, "आह!" और अपने पीछे वाले कमरे में झपटा।

दो कदम बढ़ाकर मैं खुले दरवाज़े पर आ गया और अंदर मैंने जो कुछ देखा उसकी साफ तस्वीर आज भी मेरे मस्तिष्क पर अंकित है। बाग की तरफ की खिड़की बिलकुल खुली हुई थी। उसके पास भयंकर भूत-सा दिखाई देने वाला खून से भरी पट्टियों से बंधा सिर तथा कमज़ोर और सफेद चेहरा लिए शरलक होम्ज़ खड़ा था।

अगले ही क्षण वह खिड़की में से कूद गया और बाहर झाड़ियों में मैंने उसके शरीर के टकराने की आवाज़ सुनी। गुस्से से बड़बड़ाता हुआ मकान-मालिक उसके पीछे भागता हुआ खुली खिड़की तक आया।

और इसके बाद! यह सब क्षण-भर में हो गया, पर फिर भी मैंने यह बिलकुल स्पष्ट रूप से देखा। एक बांह–एक औरत की बांह–पत्तों में से बाहर निकली। उसी समय बैरन ने एक भयंकर चीख मारी। यह

ऐसा आर्तनाद था जो सदा मेरी याद में ताज़ा बना रहेगा। उसने अपने दोनों हाथ अपने चेहरे पर मारे और दीवारों से सिर पटकता हुआ कमरे के चारों ओर दौड़ने लगा। इसके बाद वह फर्श पर गिर पड़ा और छटपटाने लगा और उसकी चीख के बाद चीख सारे मकान में गूंजने लगी।

"पानी, भगवान के वास्ते पानी!" वह चिल्ला रहा था। मैंने पास की मेज़ से छोटी सुराही उठाई और उसे पानी देने के लिए लपका। उसी समय नौकर और कई संतरी हॉल से दौड़े हुए आए। मुझे याद है कि जब मैंने घायल आदमी के पास झुककर उसका भयंकर चेहरा लैम्प की रोशनी की तरफ किया तब उनमें से एक तो मूर्च्छित हो गया। तेज़ाब सब जगह चेहरे को जला रहा था और कानों और ठोड़ी से चू रहा था। एक आंख पहले ही सफेद और जड़ हो चुकी थी। दूसरी लाल और सूजी हुई थी। जिस रूप-सौंदर्य की मैं कुछ ही मिनट पहले सराहना कर रहा था, वह अब ऐसा हो गया था कि जैसे किसी सुंदर चित्र पर कलाकार ने गीला और मैला स्पंज फेर दिया हो। उसका रूप आभाहीन, बदरंग, अमानवीय और भयंकर हो गया था।

मैंने थोड़े-से शब्दों में तेज़ाब के हमले से हुई हालत का ठीक-ठीक वर्णन कर दिया है। कुछ लोग खिड़की पर चढ़ गए थे और कुछ दौड़कर मैदान की ओर गए थे। पर चारों ओर अंधेरा था और वर्षा आरम्भ हो गई थी। चीख-पुकार मचाता हुआ वह घायल बदला लेने वालों के खिलाफ आग उगल रहा था :

"यह वह बदमाश कुतिया किटी विंटर थी!" वह चिल्लाया, "ओह, शैतान की खाला! उसे इसका मज़ा मिलेगा। उसे इसका मज़ा

चखाऊंगा। ओह, भगवान! यह तकलीफ तो सही नहीं जाती।”

मैंने उसके चेहरे पर तेल लगाया, घावों वाली जगहों पर रुई की गद्दी रखी और मारफिया का एक इंजेक्शन दिया। इस आघात के सामने मेरे बारे में उसके मन से सारा संदेह दूर हो गया और वह मेरे हाथों से ऐसे चिपट गया जैसे मानो मुझमें अब भी मरी हुई मछली की आंखों जैसी उन आंखों को, जो मेरी ओर ताक रही थीं, साफ कर देने की शक्ति है। यदि मुझे अच्छी तरह यह ध्यान न होता कि उसका यह घृणित परिवर्तन उसके गंदे जीवन का ही परिणाम है तो मैं इस दुर्घटना पर रोया होता। उसके जलते हुए हाथों के पंजों का स्पर्श नफरत पैदा करता था और जब उसका पारिवारिक डॉक्टर और उसके तुरंत बाद एक विशेषज्ञ मेरी जगह लेने आ गए, तब मुझे चैन मिला।

एक पुलिस इंस्पेक्टर भी आ गया था। उसे मैंने अपना असली कार्ड दिखाया। कुछ और करना व्यर्थ और बेवकूफी होती, क्योंकि स्कॉटलैंड यार्ड के लोग मुझे भी उतनी ही अच्छी तरह पहचानते थे जितना होम्ज़ को। तब मैं शोक और आतंक के उस स्थान से चल पड़ा और एक घंटे में बेकर स्ट्रीट पहुंच गया।

होम्ज़ अपनी उसी कुर्सी पर बैठा हुआ था और बहुत पीला और थका हुआ लग रहा था। उसके घावों के अलावा उस शाम की घटनाओं से उसका फौलादी दिल भी दहल गया था और बैरन के रूप-परिवर्तन का मेरा बताया हुआ विवरण उसने भय के साथ सुना।

"पाप का फल है वाटसन, पाप का फल!" वह बोला, "देर-सबेर यह अवश्य मिलता है। ईश्वर जानता है, उसका पाप का घड़ा भर गया था।" मेज़ से बादामी रंग की एक जिल्द उठाता हुआ वह बोला, "यह है वह कापी जिसकी चर्चा उस औरत ने की थी। यदि इससे शादी नहीं टूटेगी तो वह कभी किसी चीज़ से नहीं टूटेगी। पर इससे वह अवश्य टूटेगी वाटसन। कोई आत्मसम्मान रखने वाली औरत इसे सहन नहीं कर सकती।"

"क्या यह उसके प्रेम की डायरी है?"

"उसकी वासना की डायरी कहो। जिस समय उस औरत ने इसकी चर्चा की थी, उसी समय मैंने यह समझ लिया था कि यह कितना बड़ा हथियार है, बशर्ते कि हम इसे हथिया सकें। उस समय मैंने अपने विचारों को कोई संकेत नहीं दिया था, क्योंकि वह औरत रहस्य खोल सकती थी। पर मैंने इस पर विचार किया। फिर मुझ पर किए गए हमले से मैं बैरन को यह सोचते रहने का मौका दे सका कि मेरे खिलाफ कुछ सावधानी रखने की ज़रूरत नहीं। इस सबसे लाभ ही हुआ। मैं कुछ दिन और प्रतीक्षा कर सकता था, पर उसकी अमेरिका-यात्रा के कार्यक्रम ने मुझे जल्दी कार्य करने को मजबूर किया। वह इतनी महत्त्व की चीज़ कभी भी अपने पीछे यहां न छोड़ जाता। इसलिए हमें तुरंत कार्य करना था। रात को चोरी करना असम्भव था–वह बड़ी सावधानी बरतता है–पर शाम को मौका मिल सकता था, यदि मुझे यह भरोसा हो जाए कि उसका ध्यान कहीं लगा हुआ है। यही काम तुमने और तुम्हारी नीली तश्तरी ने किया है। पर मुझे कापी की जगह का ठीक निश्चय करना था और मैं जानता था कि मेरे पास अपना कार्य करने के लिए थोड़े-से मिनट हैं, क्योंकि चीनी बर्तनों के बारे में तुम्हें

जानकारी बहुत थोड़ी थी। इसलिए मैंने अंतिम क्षण में उस लड़की को साथ लिया। मुझे यह अंदाज़ कैसे हो सकता था कि वह अपने चोगे के नीचे जो छोटा-सा पैकेट सावधानी से छिपाकर रखे हुए है, वह क्या है? मैं सोचता था कि वह मेरे काम से आई है, पर मालूम होता है कि उसका कुछ अपना भी काम था।"

"उसने यह भांप लिया था कि मैं तुम्हारे कहने से आया हूं।"

"मैं जानता था कि वह भांप लेगा, पर तुम उसे इतनी देर ही बातों में लगाए रख सके जितने मैं कापी उठा लूं, यद्यपि इतनी देर नहीं लगा सके कि मैं बिना उसके देखे बच भागूं। आह, सर जेम्स! आपके आने से मैं बड़ा खुश हुआ।"

हमारा दरबारी मित्र एक पहले बुलावे के जवाब में हाज़िर हुआ था। उसने होम्ज़ द्वारा सुनाया हुआ सारा वृत्तांत बड़े ध्यान से सुना।

"आपने कमाल कर दिया–कमाल!" सारा वृत्तांत सुनकर वह खुश होकर बोला, "पर यदि वे घाव ऐसे भयंकर हैं, जैसे डॉक्टर वाटसन बताते हैं, तो शादी रोकने का हमारा प्रयोजन इस भयंकर कापी के बिना ही काफी पूरा हो गया है।"

होम्ज़ ने सिर हिलाया।

"डी मेरविल के ढंग की स्त्रियां इस तरह की नहीं होतीं। वह इस बदशकल शहीद से और भी अधिक प्रेम करेगी। नहीं, नहीं, हमें उसका शारीरिक पक्ष नहीं, नैतिक पक्ष गिराना है। इस कापी से वह फिर दुनिया में आ जाएगी–और मैं नहीं समझता कि कोई और चीज़ उसे दुनिया में ला सकेगी और यह उसके अपने ही लेख में है। वह इसकी उपेक्षा नहीं कर सकेगी।"

सर जेम्स कापी और कीमती तश्तरी, दोनों लेकर चले गए। मुझे भी अपने स्थान पर पहुंचना था इसलिए मैं भी उनके साथ सड़क पर आ गया। वहां एक बग्घी उनकी प्रतीक्षा में खड़ी थी। वे उछलकर उसमें बैठ गए, कोचवान को जल्दी से कुछ हुक्म दिया और तेज़ी से चले गए। उन्होंने अपना आधा ओवरकोट खिड़की से बाहर निकाल रखा था जिससे खिड़की पर बने कुल-मर्यादासूचक चिह्न ढंक जाएं, पर फिर भी मैंने अपनी खिड़की से आते हुए प्रकाश में वे देख लिए थे। मैं आश्चर्यचकित हो गया। इसके बाद मैं मुड़ा और सीढ़ी चढ़कर होम्ज़ के कमरे में गया।

"मुझे पता चल गया कि हमारा नियुक्तिकर्ता कौन है।" मैं अपने महान समाचार की उतावली में ज़ोर से बोला, "क्यों होम्ज़, वह..."

"वह एक पक्का मित्र और वीरात्मा सज्जन है," होम्ज़ ने हाथ उठाकर मुझे रोकते हुए कहा, "हमें इतना ही मानकर संतोष करना चाहिए।"

मुझे नहीं मालूम कि जुर्म सिद्ध करने वाली उस कापी का किस तरह प्रयोग किया गया। सर जेम्स ने इसका प्रबंध कर लिया होगा या यह अधिक सम्भावना है कि वह नाजुक काम उस तरुणी के पिता को सौंप दिया गया होगा। जो हो, असली मतलब तो उसके मूर्त परिणाम से है। तीन दिन बाद मॉर्निंग पोस्ट अखबार में यह सूचना छपी कि बैरन एडलबर्ट ग्रुनेर और मिस वायलेट डी मेरविल का विवाह नहीं होगा। उसी अखबार में मिस किटी विंटर पर तेज़ाब फेंकने के गम्भीर अपराध में चलाए गए मुकदमे की पेशी की खबर छपी थी। मुकदमे में अपराध की गम्भीरता को बहुत ही कम कर देने वाली ऐसी परिस्थितियां

निकल आई थीं कि उसे अपराध के लिए दी सकने वाली कम-से-कम सज़ा दी गई, जैसा कि पाठकों को याद होगा।

शरलक होम्ज़ पर चोरी का मुकदमा चलने की सम्भावना हुई, पर जब उद्देश्य अच्छा और नियुक्तिकर्ता काफी बड़ा आदमी हो, तब कठोर ब्रिटिश कानून भी मानवीय और लचीला बन जाता है। मेरा मित्र अब तक कठघरे में नहीं खड़ा हुआ।

सफ़ेद दागों का रहस्य

मेरे मित्र वाटसन के विचार सीमित होते हुए भी बड़े अटल होते हैं। बहुत दिनों से वह मुझे अपना एक अनुभव स्वयं लिखने के लिए परेशान कर रहा है। शायद यह परेशानी मैंने खुद अपने ऊपर बुलाई है, क्योंकि मैं प्रायः उससे कहता रहता हूं कि तुम ऊपर-ऊपर की बातें लिखते हो, और उसे यह दोष देता रहा हूं कि तुम पूरी तरह तथ्यों पर ही रहने के बजाय आम पाठक की रुचि की चीजें बताया करते हो। "तुम स्वयं लिखकर देखो, होम्ज़," उसने जवाब में कहा और अब अपने हाथ में कलम लेने पर मैं यह मानने को मजबूर हो गया हूं कि सारी बात ऐसे ढंग से ही पेश की जानी चाहिए जिससे वह पाठक को दिलचस्प लगे। निम्नलिखित केस निश्चय ही दिलचस्प होगा क्योंकि वह मेरे संग्रह में मौजूद सबसे अजीब घटनाओं में से है, हालांकि संयोग ऐसा हुआ कि वाटसन के संग्रह में यह कहीं दर्ज नहीं है। इस मौके पर अपने पुराने मित्र और चरित-लेखक की चर्चा करते हुए मैं यह भी कहना चाहता हूं

कि अपनी बहुत-सी छोटी-छोटी जांच-पड़तालों में मैं अपने साथ जो साथी रखता हूं, वह किसी भावना या सनक के कारण नहीं, बल्कि बात यह है कि वाटसन में कुछ अपनी खास विशेषताएं हैं जिनकी ओर उसने, मेरे प्रति अपने कर्तव्यों की अतिरंजित धारणा बनाते हुए, अपनी नम्रता के कारण बहुत कम ध्यान दिया है। जो साथी आपके निष्कर्षों और कार्य-पद्धति को समझ लेता है, वह सदा खतरनाक होता है, पर जिस आदमी के लिए हर घटना आश्चर्य पैदा करती है और जिसके लिए भविष्य अज्ञात होता है, वह सचमुच एक आदर्श साथी है।

मेरी नोटबुक के अनुसार जनवरी, 1903 में बोअर युद्ध खत्म होने के तुरंत बाद मेरे पास श्री जेम्स एम. डाड नाम के एक सज्जन आए जो मोटे-ताज़े, धूप से सांवले और लम्बे ब्रिटिश सज्जन थे। मेरा मित्र वाटसन मुझे छोड़कर एक पत्नी की तलाश में चला गया था–अपने आपसी सम्बंधों में उसका एक यही खुदगर्ज़ी का काम मुझे याद है। मैं अकेला था।

मेरी यह आदत है कि मैं स्वयं खिड़की की ओर पीठ करके बैठता हूं, और अपने अभ्यागत को सामने की कुर्सी पर बैठाता हूं, जहां उस पर रोशनी पूरी तरह पड़ती है। श्री जेम्स एम. डाड मुलाकात शुरू करने के बारे में कुछ परेशान मालूम होते थे। मैंने उनकी सहायता करने की कोशिश नहीं की, क्योंकि उनके चुप रहने से मुझे उनकी जांच-परख करने के लिए अधिक समय मिला। मैंने देखा है कि अपने साथी नियुक्तिकर्ताओं पर अपनी शक्ति की धाक बैठा देने का असर अच्छा होता है। और इसलिए मैंने उनके सामने

अपने कुछ निष्कर्ष रखे।

"श्रीमान जी दक्षिण अफ्रीका से आए मालूम होते हैं?"

"जी हां, श्रीमान जी!" उसने कुछ आश्चर्य से उत्तर दिया।

"मेरा खयाल है, इम्पीरियल योमैनरी में थे?"

"बिलकुल ठीक है।"

"मिडलसैक्स टुकड़ी में?"

"बिलकुल सच है, मिस्टर होम्ज़। आप तो जादूगर हैं।"

उसके चकित चेहरे की ओर देखकर मैं मुस्कुराया।

"जब कोई सशक्त गठन वाला भलामानस ऐसे सांवले रंग का चेहरा लिए मेरे कमरे में आता है, जैसा इंग्लैंड की धूप से कभी नहीं हो सकता और अपना रूमाल अपनी जेब के बजाय अपनी बांह में रखे होता है, तब उसके निवास-स्थान को समझना कुछ भी कठिन नहीं। आपने छोटी-छोटी दाढ़ी रखी हुई है, जिससे पता चलता है कि आप नियमित सैनिक नहीं थे। आपको देखने से आपके घुड़सवार होने का पता चलता है और मिडलसैक्स के बारे में आपके कार्ड से मुझे पहले ही पता चल चुका है कि आप थ्रोगमौर्टन स्ट्रीट के शेयरों के दलाल हैं। तब आप और किस रेजीमेंट में भर्ती होते?"

"आप हर चीज़ देख लेते हैं।"

"मैं आपसे अधिक नहीं देखता, पर मैंने इस ढंग से अभ्यास कर लिया है कि जो कुछ मैं देखता हूं, ध्यान से देखता हूं। पर मिस्टर डाड, आप यहां सुबह-सुबह मेरी देख सकने की शक्ति पर विचार-विनिमय करने नहीं आए। टक्सबरी ओल्ड पार्क में क्या हो रहा है?"

"मिस्टर होम्ज़...!"

"भाई जान! इसमें कोई रहस्य की बात नहीं है। आपके पत्र पर ऊपर यही लिखा था और आपने मुझसे मिलने का समय जैसे आग्रहपूर्ण शब्दों में निश्चित किया था उससे यह स्पष्ट था कि कोई आकस्मिक और महत्त्व की बात हुई है।"

"हां, अवश्य! पर चिट्ठी तीसरे पहर लिखी गई थी और तब से बहुत कुछ हो चुका है। यदि कर्नल एम्सवर्थ ने मुझे ठोकर मारकर बाहर न कर दिया होता..."

"आपको ठोकर मारकर बाहर कर दिया?"

"हां, करीब-करीब ऐसी ही बात हुई। यह कर्नल एम्सबर्थ बड़ा टेढ़ा आदमी है। अपने ज़माने में वह फौज में सबसे सख्त आदमी था और उसने गालियां भी बहुत बकीं। मैं कर्नल से न अड़ता यदि गौडफ्रे के हित का सवाल न होता।"

मैंने अपना सिगार जला लिया और पीठ कुर्सी से लगा ली।

"आप जो कुछ कह रहे हैं उसका कुछ स्पष्टीकरण करेंगे?"

मेरे नियुक्तिकर्ता के मुंह पर शरारत-भरी हंसी दिखाई दी।

"मैं तो यह समझने लगा था कि आप बिना बताए ही सब बातें जान लेते हैं," वह बोला, "पर मैं आपको तथ्य बताऊंगा और मुझे आशा है कि आप मुझे उनका अर्थ बता सकेंगे। मैं सारी रात अपना दिमाग लगाता हुआ जागता रहा। और मैं जितना सोचता हूं, बात उतनी ही अविश्वसनीय लगती है।

"जब मैं जनवरी 1901 में–ठीक दो साल पहले–फौज में भर्ती हुआ, तब युवक गौडफ्रे एम्सवर्थ भी उसी स्क्वैड्रन में भर्ती हुआ था। वह कर्नल एम्सवर्थ का एकमात्र पुत्र था–यह एम्सवर्थ वही है जिसे क्रीमिया के युद्ध में विक्टोरिया क्रॉस मिला था-और उसके खून में

लड़ने का माद्दा था। इसलिए कोई आश्चर्य की बात नहीं कि वह स्वयं युद्ध में भर्ती हुआ। सारी रेजीमेंट में उससे अच्छा एक भी जवान न था। हम दोनों में मित्रता हो गई। यह उस तरह की मित्रता थी जो तब पैदा होती है जब दो आदमी एक-सा जीवन बिताते हैं और एक-से दुःख-सुख में हिस्सा बंटाते हैं। वह मेरा साथी था और फौज में इसका अर्थ बहुत कुछ है। हम एक साल की सख्त लड़ाई में सुख-दुःख में साथ ही रहे। बाद में प्रिटोरिया के बाहरी हिस्से में डायमंड हिल के पास लड़ाई में उसके एक गोली लगी। मुझे उसका एक पत्र केपटाउन के हस्पताल से और दूसरा साउथैम्पटन से आया। तब से छः महीने और इससे भी ज्यादा दिनों तक उसका एक भी पत्र नहीं आया। वह मेरा लंगोटिया यार था।

"खैर, फिर लड़ाई खत्म हो गई और हम सब वापस आ गए और मैंने उसके पिता को चिट्ठी लिखकर पूछा कि गौडफ्रे कहां है। पर कोई जवाब नहीं आया। मैंने कुछ प्रतीक्षा की और एक पत्र फिर लिखा। इस बार एक संक्षिप्त और सरसरी चिट्ठी जवाब में आई–गौडफ्रे संसार की यात्रा करने जहाज़ पर गया है और एक साल तक उसके लौटने की सम्भावना नहीं है। बस, इतना ही लिखा था।

"इससे मुझे संतोष नहीं हुआ, मिस्टर होम्ज़। सारी चीज़ मुझे बड़ी अस्वाभाविक मालूम हुई। वह बहुत अच्छा लड़का था और अपने दोस्त को इस तरह कभी ठेंगा नहीं दिखाता। यह बात उसके योग्य नहीं थी। फिर मुझे यह भी पता था कि उसे उत्तराधिकार में बहुत-सा धन मिलना है और उसमें और उसके पिता में हमेशा ठीक तरह नहीं पटती थी। बुड्ढा कभी-कभी बहुत रोब गांठता था और गौडफ्रे के लिए इसे सहना कठिन हो जाता था।

"नहीं, मुझे संतोष नहीं हुआ और मैंने मामले की तह तक जाने का पक्का इरादा किया। पर कुछ ऐसा मामला हुआ कि दो साल तक बाहर रहने के बाद मेरे अपने भी बहुत-से काम उलझे पड़े थे और मुझे उन्हें भी सम्भालना था और इसलिए मैं इसी सप्ताह गौडफ्रे का मामला फिर से उठा सका। पर क्योंकि मैं इसे उठा चुका हूं, इसीलिए मैं इसे पूरा करने में कोई कसर नहीं रखूंगा।"

श्री जेम्स एम. डाड उस तरह का व्यक्ति मालूम होता था, जिसे दुश्मन के बजाय दोस्त बनाना अच्छा होता है। बोलते समय उसकी नीली आंखें कठोर हो गई थीं और उसने दांत भींच लिए थे।

"अच्छा तो आपने क्या किया?" मैंने पूछा।

"मेरा पहला काम यह था कि उसके घर, बैडफोर्ड के पास टक्सबरी ओल्ड पार्क जाऊं और अपनी आंखों से देखूं कि क्या मामला है। इसलिए मैंने उसकी माता को चिट्ठी लिखी–पिता की संकीर्णता तो मैं बहुतेरी देख चुका था–और मैंने साफ सीधी चोट की : गौडफ्रे मेरा लंगोटिया था। मुझे उससे बड़ी दिलचस्पी थी। मैं आपको अपने दोनों के साथ बिताए हुए जीवन के अनुभव सुनाऊंगा। मैं आपके पड़ोस में रहूंगा। क्या इसमें कोई ऐतराज की बात होगी, इत्यादि। उत्तर में मुझे उसका मैत्रीपूर्ण पत्र मिला और उसमें रात अपने यहां बिताने के लिए कहा गया। यही पत्र पाकर मैं सोमवार को वहां पहुंचा।

"टक्सबरी ओल्ड पार्क दुर्गम जगह है। उससे हर सड़क कम-से-कम पांच मील है। स्टेशन पर कोई सवारी नहीं थी, इसलिए मुझे अपना सूटकेस लेकर पैदल जाना पड़ा, और मेरे वहां पहुंचने से

पहले करीब-करीब अंधेरा हो गया। यह बहुत बड़ा, लम्बा-चौड़ा मकान है जो एक विशाल पार्क के बीच में खड़ा है। ऐसा लगता था कि यह अनेक युगों और शैलियों में बना है–बुनियादें एलिजाबेथ के युग की हैं तो ड्योढी विक्टोरिया युग की। इसके भीतर सब तरह के गलीचे और फर्श और अधमिटे पुराने चित्र थे; और यह मकान छायाओं और रहस्य का मकान लगता था; और उसमें एक बूढ़ा नौकर राल्फ रहता था। उसकी वही आयु मालूम होती थी जो मकान की; और उसकी पत्नी थी जो सम्भवतः उससे भी बूढ़ी थी। उसने गौडफ्रे को बचपन में पाला था और मैंने गौडफ्रे से सुना था कि वह अपनी माता के बाद उसे ही प्यार करता है। इसलिए उसका चेहरा अजीब होने पर भी मैं उस पर आकृष्ट हो गया। माता भी मुझे पसंद आई, जैसे स्त्री के रूप में कोई छोटा-सा सफेद चूहा हो। मैंने केवल कर्नल से ही कन्नी काटी।

"हमारी शुरू में ही झड़प हो गई, और मैं स्टेशन लौट गया होता यदि मैंने यह न महसूस किया होता कि इस तरह चले जाने से उसके मन की मुराद ही पूरी होगी। मुझे सीधे उसकी बैठक में ले जाया गया और वहां मैंने देखा कि वह विशालकाय, झुकी कमर वाला, सांवली त्वचा और लम्बी सफेद दाढ़ी वाला कर्नल अपनी डेस्क के पीछे बैठा था जिस पर कागज़-पत्र बिखरे थे। उसकी लाल नाक गीध की चोंच की तरह आगे को निकली हुई थी और दो भीषण भोली आंखें घनी भौंहों के नीचे मेरी ओर घूर रही थीं। अब मैं समझ सका कि गौडफ्रे क्यों अपने पिता की बात बहुत कम करता है।

" 'अच्छा महाशय', वह तीखी आवाज़ में बोला, "मैं यह जानना चाहता हूं कि आपके यहां आने का असली कारण क्या है?'

"मैंने जवाब दिया कि मैंने उसकी पत्नी को लिखे पत्र में स्पष्ट कर दिया है।

" 'हां, हां, आपने लिखा है कि आप गौडफ्रे से परिचित थे, पर इसके लिए हमारे पास आपका कथन ही प्रमाण है।'

" 'मेरे पास उसके लिखे हुए पत्र हैं।'

" 'कृपा करके वे मुझे दिखाइए।'

"उसने, जो दो पत्र मैंने उसे दिए, उन पर नज़र डाली और फिर वे वापस मेरी ओर फेंक दिए। 'अच्छा तो फिर?' उसने पूछा।

" 'श्रीमान जी, मैं आपके पुत्र गौडफ्रे का दोस्त था। हम लोग अनेक बंधनों और स्मृतियों से बंधे हुए हैं। क्या यह बात स्वाभाविक नहीं है कि मैं उसके एकाएक मौन हो जाने पर आश्चर्य करूं और यह जानना चाहूं कि उसका क्या हुआ?'

" 'मुझे कुछ ऐसा याद आता है, जनाब कि मैं आपको पहले चिट्ठी लिख चुका हूं और उसमें आपको बता चुका हूं कि उसका क्या हुआ। वह संसार की समुद्र-यात्रा पर गया है। अफ्रीका की लड़ाई से लौटने के बाद उसका स्वास्थ्य कमज़ोर था। उसकी माता की और मेरी, दोनों की यही राय थी कि उसे पूर्ण विश्राम और परिवर्तन की ज़रूरत है। यदि इस मामले में दिलचस्पी रखने वाले और कोई मित्र हों तो उन्हें भी यह जानकारी दे दीजिए।'

" 'अवश्य,' मैंने जवाब दिया, 'पर शायद आप इतनी कृपा कर सकेंगे कि जिस जहाज़ और जिस कम्पनी के जहाज़ से वह गया है उनके नाम और जाने की तारीख मुझे बता दें। मुझे ज़रा भी संदेह नहीं कि मैं उसे सीधी चिट्ठी भेज सकूंगा।

"ऐसा लगा कि मेरी प्रार्थना से मेरा मेज़बान चकरा भी गया और

चिढ़ भी गया। उसकी बड़ी-बड़ी भौंहें उसकी आंखों पर आ गईं और वह अधीरता से अपनी उंगलियां मेज़ पर बजाने लगा। अंत में वह मेरी तरफ इस तरह के भाव से देखने लगा जैसे शतरंज में किसी अपने विरोधी को कोई खतरनाक चाल चलते देख लिया हो और यह तय कर लिया हो कि इसका कैसे मुकाबला करना है।

" 'बहुत-से लोग, मिस्टर डाड,' वह बोला, "आपके बेहूदा अड़ियलपन पर बुरा मान जाएंगे और यह सोचेंगे कि यह आग्रह बेहूदी गुस्ताखी के दर्जे तक पहुंच गया है।'

" 'श्रीमान जी, आप अपने पुत्र के प्रति असली प्रेम को ही इसका कारण समझिए।'

" 'बिलकुल ठीक है। मैंने इस दृष्टि से पहले ही आपको बहुत छूट दे दी है, पर मुझे आपसे कहना होगा कि आप यह पूछताछ बंद करें। हर परिवार की अपनी कुछ गुप्त बातें हुआ करती हैं जो बाहर वालों को नहीं बताई जा सकतीं, चाहे वे कितने ही अच्छे इरादे से पूछें। मेरी पत्नी गौडफ्रे के पिछले जीवन के बारे में सुनने की इच्छुक है जो आप उसे बता सकते हैं। पर मैं आपसे कहना चाहता हूं कि वर्तमान और भविष्य को आप न छेड़ें। महोदय, ऐसी पूछताछ से कोई लाभ नहीं होता और हम लोग बड़ी विषम और कठिन स्थिति में आ जाते हैं।'

" 'इस प्रकार मैं निरुत्तर हो गया, मिस्टर होम्ज़। इसके आगे मैं क्या कहता! मैं यही कर सका था कि उसकी बात मान लेने का दिखावा करूं और मन-ही-मन यह प्रतिज्ञा करूं कि तब तक दम नहीं लूंगा जब तक यह भेद न खुलेगा कि मेरे मित्र का क्या हुआ। उस दिन शाम बड़ी सुस्ती पैदा करने वाली थी। हम तीनों ने एक अंधेरे पुराने कमरे में चुपचाप भोजन किया। गौडफ्रे की माता ने

अपने पुत्र के बारे में उत्सुकता से मुझसे प्रश्न पूछे। पर वह बूढ़ा आदमी दुःख और निराश मालूम होता था। इस सारी हालत से मैं इतना ऊब गया कि मैंने जल्दी-से-जल्दी मौका मिलते ही बहाना बनाया और मैं अपने सोने के कमरे में आ गया। यह निचली मंजिल में एक बड़ा और बेफर्नीचर कमरा था जिसमें शेष मकान के कमरों की तरह ही उदासी और अंधेरा छाया हुआ था। पर मिस्टर होम्ज़, एक साल तक जंगल की ज़मीन पर सोने के बाद आदमी अपने सोने की जगह के बारे में बहुत परवाह नहीं करता। मैंने परदे हटाए और बाहर बाग में देखा और कहा कि आधे चांद की चांदनी से रात बड़ी सुंदर हो रही है। इसके बाद मैं तेज़ी से जलती हुई आग के पास बैठ गया और मेज़ पर रखी हुई लैम्प की रोशनी में एक उपन्यास से अपना मन बहलाने की कोशिश करने लगा। इतने में पुराना नौकर राल्फ आया जो और कोयले लाया था।

" 'श्रीमान जी, मैंने सोचा कि कहीं रात के समय आग में कोयलों की कमी न पड़ जाए। मौसम बड़ा टेढ़ा है और ये कमरे विशेष रूप से ठंडे रहते हैं।'

"वह कमरे से जाने में ठिठका और जब मैंने चारों ओर देखा, तब वह मेरी ओर मुंह किए खड़ा था और उसके झुर्रियों-भरे चेहरे से ऐसा लगता था कि वह कुछ कहना चाहता है।

" 'माफ करना, जनाब, पर भोजन के समय मास्टर गौडफ्रे के बारे में जो कुछ आपने कहा, वह मैं सुने बिना न रह सका। आप जानते ही हैं जनाब कि मेरी औरत ने उसका लालन-पालन किया है और इसलिए मैं कह सकता हूं कि मैं उसका धर्मपिता हूं। यह स्वाभाविक ही है कि हमें दिलचस्पी हो और आप कहते हैं कि वह जमकर लड़ा।'

" 'सारी रेजीमेंट में कोई भी उससे बहादुर आदमी नहीं था। एक बार उसने मुझे बोअरों की राइफलों के नीचे से निकाला था। नहीं तो शायद आज मैं यहां न होता।

"पुराने नौकर ने अपने झुर्रियों वाले हाथ मले।

" 'हां जनाब, हां, मास्टर गौडफ्रे में यही सिफत थी। वह सदा बहादुर रहा। इस पार्क का एक भी पेड़ ऐसा नहीं, जिस पर वह न चढ़ा हो। उसे कितना ही रोका, पर वह बाज न आता था। वह बहुत अच्छा लड़का था। ओहो जनाब, वंह बहुत अच्छा आदमी था।'

"मैं उछलकर खड़ा हो गया।

" 'सुनो,' मैंने ज़ोर से कहा, 'तुम कहते हो कि वह था। तुम तो ऐसे कह रहे हो जैसे वह मर गया। यह सब क्या भेद है? गौडफ्रे एम्सवर्थ का क्या हुआ?

" 'मैंने बुड्ढे का कंधा पकड़ लिया। पर वह सिकुड़कर परे हो गया।

" मैं नहीं समझा कि आप क्या कहना चाहते हैं, जनाब! मास्टर गौडफ्रे के बारे में मालिक से पूछिए। उन्हें ही पता है। मेरा बीच में दखल देना ठीक नहीं।'

"वह कमरे से जा रहा था, पर मैंने उसकी बांह पकड़ ली।

" 'सुनो', मैंने कहा, 'जाने से पहले तुम्हें एक सवाल का जवाब देना पड़ेगा, नहीं तो मैं तुम्हें सारी रात इसी तरह पकड़े रहूंगा। क्या गौडफ्रे मर गया है?'

"वह मुझसे आंखें नहीं मिला सका। वह हिप्नोटिज्म के वशीभूत आदमी जैसा हो गया। जवाब उसके मुंह से ज़बरदस्ती निकाला गया। यह भयंकर और अप्रत्याशित जवाब था।

" 'मैं भगवान से मनाता हूं कि वह मर गया होता!' वह रोता

हुआ बोला और हाथ छुड़ाकर कमरे से भागा।

"मिस्टर होम्ज़, आप सोचेंगे कि अपनी कुर्सी पर फिर बैठते समय मैं मन की बहुत अच्छी अवस्था में नहीं था। बुड्डे के शब्दों का मुझे एक ही अर्थ मालूम होता था। स्पष्ट था कि मेरा भलामानस मित्र किसी जुर्म के चक्कर में या किसी बदनामी के काम में फंस गया है जिससे परिवार के नाम को कलंक लग गया है। इस सख्त मिज़ाज बुड्ढे ने अपने पुत्र को भंडाफोड़ होने के डर से कहीं बाहर भेज दिया है और उसे दुनिया की आंखों से छिपा दिया है। गौडफ्रे लापरवाह आदमी था। वह अपने चारों ओर रहने वाले लोगों के आसानी से वश में हो जाता था। निश्चयं ही वह कुसंगति में पड़ गया है और उसने अपने-आपको बर्बाद कर लिया है। यदि सचमुच ऐसी ही बात थी तो यह बड़ा दयनीय मामला था, पर फिर भी मेरा कर्तव्य था कि उसका पता लगाऊं और देखूं कि मैं उसकी कुछ मदद कर सकता हूं या नहीं। मैं इस मामले पर विचार कर ही रहा था कि मैंने गरदन उठाई और देखा कि गौडफ्रे एम्सवर्थ मेरे आगे खड़ा है।"

मेरा नियुक्तिकर्ता गहरे भावावेश के कारण रुक गया।

"कृपया कहते जाइए।" मैंने कहा, "आपकी समस्या में कुछ बड़ी नई बातें दिखाई दे रही हैं।"

"वह खिड़की के बाहर था, मिस्टर होम्ज़, और उसका चेहरा कोच से लगा हुआ था। मैं आपसे कह चुका हूं कि मैं पहले बाहर रात को देख रहा था। उसके बाद मैंने परदे कुछ खुले छोड़ दिए थे। उसी खुली जगह में उसकी शकल दिखाई दे रही थी। खिड़की ज़मीन तक थी और मुझे उसका शरीर दीख रहा था। पर नज़र उसके चेहरे पर ही थी। वह मुर्दे जैसा सफेद हो गया था। ऐसा सफेद आदमी मैंने

कभी नहीं देखा। मैं समझता हूं, शायद भूत ऐसे लगते होंगे, पर हमारी आंखें चार हुईं और उसकी आंखें ज़िंदा आदमी की आंखें थीं। वह मुझे अपनी ओर ताकते देखकर झट पीछे हट गया और अंधेरे में गायब हो गया।

"इस आदमी को देखकर मन को चोट लगती थी, मिस्टर होम्ज़। इसका कारण अंधेरे में पनीर की तरह सफेद चमकने वाला वह भयंकर चेहरा ही नहीं था। वह उससे कहीं अधिक सूक्ष्म चीज़ थी, जैसे कोई अपराधी छिपकर चोरी से भाग रहा हो। उसका जो साफ पौरुषयुक्त रूप मैंने देखा था, यह उससे बिलकुल भिन्न था। इससे मेरे मन में एक घृणा की-सी भावना पैदा हुई।

"और जब कोई आदमी बोअरों के साथ लड़ाई में एक या दो साल तक लड़ता रहा हो तब वह आसानी से हौसला नहीं छोड़ता और तत्काल कार्य करता है। गौडफ्रे अभी गायब हुआ ही था कि मैं एकदम खिड़की पर आ गया। उस पर एक बेढंगी रुकावट लगी हुई थी और उसे हटाने में मुझे ज़रा-सा समय लगा। उसमें से मैं नीचे आ गया और बाग की सड़क पर उस दिशा में भागा जिस दिशा में मेरा खयाल था कि वह भागा होगा।

"यह बहुत लम्बा रास्ता था और इस पर खास रोशनी नहीं थी। पर मुझे ऐसा मालूम हुआ कि मेरे आगे-आगे कोई चीज़ चल रही है। मैं दौड़ा और मैंने उसका नाम लेकर पुकारा, पर कोई लाभ नहीं हुआ। जब मैं रास्ते के सिरे पर पहुंचा तब मैंने देखा कि वहां कई और रास्ते थे, जो भिन्न-भिन्न दिशाओं में नौकरों के मकानों की ओर जा रहे थे। मैं ठिठककर खड़ा हो गया और उसी समय मैंने एक दरवाज़ा बंद होने की आवाज़ स्पष्टतया सुनी। यह आवाज़ मेरे पीछे से मकान में से नहीं

आई थी, बल्कि मेरे सामने से अंधेरे में से कहीं से आई थी। इससे, मिस्टर होम्ज़, मुझे निश्चित हो गया कि मैंने जो कुछ देखा था, वह भ्रम नहीं था। गौडफ्रे मुझसे बचकर भागा था और उसने अपने पीछे दरवाज़ा बंद कर लिया था। इसका मुझे निश्चय था।

"मैं अब क्या कर सकता था और मैंने इस मामले पर दिमाग लड़ाते हुए और कोई ऐसा कारण तलाश करते हुए, जिससे इन तथ्यों की व्याख्या हो सके, बड़ी बेचैनी से रात काटी। अगले दिन मैंने कर्नल को अधिक शांत मुद्रा में पाया और जब उसकी पत्नी ने कहा कि पास-पड़ोस में कुछ दिलचस्पी के स्थान हैं, तब मुझे यह पूछने का एक मौका मिल गया कि मेरे वहां एक रात और रहने से उन्हें असुविधा तो नहीं होगी। बड़े ने कछ हिचकिचाहट से हामी भरी, जिससे मझे अपनी जांच-पड़ताल करने के लिए पूरा एक दिन मिल गया। मुझे पहले ही यह पक्का निश्चय हो चुका था कि गौडफ्रे कहीं पास ही छिपा हुआ है; पर वह कहां और क्यों छिपा हुआ है, यह पता लगाना बाकी था।

"मकान इतना बड़ा था और इतना फैला हुआ था कि उसमें एक पूरी रेजीमेंट छिपाई जा सकती थी और उसमें कुछ भी पता न चलता। यदि राज़ उसके अंदर था तो मेरे लिए इसे खोलना कठिन था; पर मैंने जिस दरवाज़े के बंद होने की आवाज़ सुनी थी, वह निश्चित ही मकान के अंदर नहीं था। मुझे बाग में खोज करनी होगी और यह देखना होगा कि वहां क्या मिल सकता है। इसमें कोई कठिनाई नहीं थी, क्योंकि सब बुद्दे अपने-अपने काम में लगे हुए थे और उन्होंने मुझे अपने तरीके आज़माने के लिए छोड़ दिया था।

"वहां नौकरों के कई छोटे-छोटे मकान थे, पर बाग के सिरे पर

कुछ बड़ी एक अलग बिल्डिंग थी। वह इतनी बड़ी थी कि उसमें माली या शिकारी रह सकता था। क्या यही वह स्थान होगा जहां से वह दरवाज़ा बंद होने की आवाज़ आई थी? मैं लापरवाही के ढंग से इसके पास पहुंचा, जैसे मानो मैं निरुद्देश्य बाग में घूम रहा हूं। जब मैं वहां पहुंचा तब एक नाटा, फुर्तीला, दाढ़ी वाला आदमी, जिसने काला कोट पहन रखा था और टोप लगा रखा था–वह माली के ढंग का बिलकुल नहीं था–दरवाजे से निकला। मुझे यह देखकर आश्चर्य हुआ कि बाहर निकलकर उसने ताला लगा दिया और ताली अपनी जेब में रख ली। इसके बाद उसने कुछ आश्चर्य के भाव से मेरी ओर ताका।

" 'क्या आप यहां अतिथि हैं?' उसने पूछा।

"मैंने कहा कि हां और यह भी कहा कि मैं गौडफ्रे का मित्र हूं।

" 'अफसोस की बात है कि वह समुद्र-यात्रा पर गया हुआ है। नहीं तो वह मुझे देखकर बड़ा प्रसन्न होता।' मैंने आगे कहा।

" 'बिलकुल ठीक है,' वह बोला–उसके चेहरे पर कुछ अपराधी का-सा भाव था। 'निश्चय ही आप किसी अधिक अच्छे समय फिर यहां आएंगे,' कहता हुआ वह आगे बढ़ गया, पर जब मैं मुड़ा तब मैंने देखा कि वह बाग के पहले सिरे पर झाड़ियों के पीछे आधा छिपा हुआ मेरी ओर ताकता हुआ खड़ा था।

"मैंने गुज़रते हुए उस छोटे-से मकान को अच्छी तरह देख लिया; पर खिड़कियों पर भारी परदे पड़े हुए थे और जहां तक नज़र आता था, वह खाली था। मैं अपना काम खुद बिगाड़ लेता और मकान से भी निकाल दिया जाता, यदि मैं बहुत ढिठाई करता, क्योंकि मुझे अब

भी अनुभव हो रहा था कि मुझ पर नज़र रखी जा रही थी। इसलिए मैं टहलता हुआ मकान की ओर लौट आया और अपनी जांच-पड़ताल करने के लिए रात होने की प्रतीक्षा करने लगा। जब चारों ओर अंधेरा हो गया और शांति छा गई तब मैं अपनी खिड़की में से चुपचाप निकल गया और यथासम्भव चुपके-चुपके उस रहस्यमयी बिल्डिंग की ओर गया।

"मैं बता चुका हूं कि उसमें भारी परदे पड़े हुए थे, पर अब मैंने देखा कि खिड़कियों के किवाड़ भी बंद थे, पर उनमें से एक में से कुछ रोशनी आ रही थी। इसलिए मैंने उस पर ही ध्यान लगाया। मेरे भाग्य से परदा पूरी तरह बंद नहीं था और खिड़की में एक दरार थी जिससे मुझे कमरे के अंदर का हिस्सा दिखाई दे सकता था। यह काफी आनंददायक जगह थी। एक तेज़ लैम्प जल रही थी। मेरे सामने वही ठिंगना आदमी बैठा था जिसे मैंने सवेरे देखा था। वह सिगार पी रहा था और अखबार पढ़ रहा था।"

"कौन-सा अखबार?" मैंने पूछा।

मेरा नियुक्तिकर्ता अपने कथन के बीच में टोके जाने पर कुछ परेशान मालूम हुआ।

"क्या इससे कुछ फर्क पड़ सकता है?" उसने पूछा।

"यह बहुत आवश्यक है।"

"असल में मैंने कुछ ध्यान नहीं दिया।"

"आपने यह तो देखा होगा कि वह चौड़े पृष्ठों वाला अखबार था या उस तरह के छोटे टाइप वाला अखबार था जो आमतौर से साप्ताहिक में होता है।"

"अब आपने इसकी चर्चा की है तो मुझे ध्यान आता है। कि वह

बड़ा नहीं था। शायद वह स्पेक्टेटर अखबार होगा। पर ऐसी बारीकियों पर विचार करने लायक स्थिति में मैं नहीं था क्योंकि दूसरा आदमी खिड़की की ओर पीठ किए बैठा था और मैं शपथ खाकर कह सकता हूं कि यह दूसरा आदमी गौडफ्रे था। मैं उसका चेहरा नहीं देख सका, पर मुझे उसके कंधों का सुपरिचित ढाल याद था। वह बड़ी उदासी से अपनी कोहनी पर झुका हुआ था और उसका शरीर आग की ओर घूमा हुआ था। मैं यही सोच रहा था कि मुझे क्या करना चाहिए कि इतने में मेरे कंधे पर एक ज़ोर का धप्प पड़ा और मेरे पास कर्नल एम्सवर्थ खड़ा था।

" 'इधर महाशय,' उसने हलकी आवाज़ में कहा। वह चुपचाप चलता हुआ मकान तक आया और मैं उसके पीछे चलता हुआ अपने सोने के कमरे में चला गया। उसने हॉल में एक टाइम टेबल तलाश कर लिया था।

" 'साढ़े आठ पर एक गाड़ी लंदन जाती है,' वह बोला, 'सवारी आठ बजे दरवाज़े पर आ जाएगी।'

"वह गुस्से से लाल-पीला हो रहा था; और सच्ची बात यह है कि मैं अपनी ऐसी विषम स्थिति देख रहा था कि मैं हकलाते-हकलाते असम्बद्ध क्षमायाचना ही कर सका, जिसमें मैंने अपने मित्र के लिए अपनी चिंता की दुहाई देकर अपनी सफाई देने की कोशिश की।

" 'इस मामले में कोई बातचीत नहीं होगी,' उसने बात खत्म करते हुए कहा, 'तुमने हमारे परिवार के अंदरूनी मामलों में बहुत निंदनीय दस्तंदाजी की है। तुम यहां अतिथि थे और जासूस बन गए हो। मुझे तुमसे और कुछ नहीं कहना। बस यही कहना है कि फिर कभी तुम्हारी शकल नहीं देखना चाहता।'

इस पर मैं आपे से बाहर हो गया, मिस्टर होम्ज़ और मैंने

गरमागरमी से कुछ बातचीत की।

" 'मैंने तुम्हारे पुत्र को देखा है और मुझे यकीन हो गया है कि तुम अपने किसी निजी कारण से उसे दुनिया से छिपाए हुए हो। मुझे कुछ समझ में नहीं आता कि उसे दुनिया से इस तरह अलग करने में तुम्हारा क्या मतलब है। पर मैं अच्छी तरह समझ गया हूं कि वह अब स्वतंत्र व्यक्ति नहीं है। मैं आपको चेतावनी देता हूं, कर्नल एम्सवर्थ कि जब तक मुझे अपने मित्र की सुरक्षा का पूरा निश्चय नहीं हो जाएगा, तब तक मैं इस रहस्य का परदा हटाने के अपने प्रयत्नों से कभी भी बाज़ नहीं आऊंगा। और आप जो कुछ कहते या करते हैं, उस किसी बात से मैं निश्चित ही भयभीत नहीं होऊंगा।'

"वह बुड्ढा आदमी भयंकर दीखने लगा और मैंने सचमुच सोचा कि वह मुझ पर हमला करने वाला है। मैं कह चुका हूं कि वह पतला भयंकर बुड्ढा दानव था और यद्यपि मैं भी कोई दुबला-पतला आदमी नहीं हूं तो भी मुझे उसके मुकाबले अपने को बचाना कठिन हो जाता। पर बहुत देर गुस्से से घूरते रहने के बाद वह मुड़ा और कमरे से बाहर निकल गया। इधर मैंने सवेरे वह निश्चित गाड़ी पकड़ी और वहीं से सीधे आपके पास आने और आपकी सलाह और सहायता लेने का पूरा इरादा कर लिया। इसके लिए मुलाकात की सूचना तो मैं आपको पहले ही दे चुका था।"

मेरे अभ्यागत ने समस्या मेरे सामने रखी। इसको, जैसा कि तीव्रदृष्टि पाठक को पहले ही पता चल गया होगा, हल करना कुछ भी कठिन नहीं था, क्योंकि बहुत थोड़े-से विकल्प रह जाते थे जिनसे मामले की तह तक पहुंचा जा सकता था। फिर भी यह मामला हलके ढंग का होने पर भी इसमें कुछ ऐसी दिलचस्पी की और नई बातें थीं, जिनके कारण मेरा इसे लेखबद्ध करना अनुचित न होगा। अब मैंने

तार्किक विश्लेषण की अपनी सुपरिचित विधि से सम्भव समाधानों को कम करना शुरू किया।

"नौकर," मैंने पूछा, "मकान में कितने थे?"

"जहां तक मैं समझता हूं, केवल पुराना नौकर और उसकी औरत थी। वे बड़े सादे ढंग से रहते मालूम होते हैं।"

"तो उस अलग बने मकान में कोई नौकर नहीं था?"

"नहीं, बशर्ते कि वह दाढ़ी वाला ठिंगना आदमी नौकर का काम न करता हो, पर वह तो काफी ऊंचे दरजे का आदमी मालूम होता था।"

"यह बात बड़ी अर्थपूर्ण मालूम होती है। क्या आपको कोई ऐसा संकेत मिला कि भोजन एक कमरे से दूसरे कमरे में ले जाया जाता था?"

"आपके कहने से मुझे ध्यान आता है कि मैंने बूढ़े राल्फ को एक टोकरी लेकर बाग के रास्ते पर चलते और उस मकान की दिशा में जाते देखा था। उस समय भोजन की बात मेरे दिमाग में नहीं आई।"

"क्या आपने आसपास कोई पूछताछ की थी?"

"जी हां, की थी। मैंने स्टेशन-मास्टर से और गांव के सराय वाले से बातचीत की थी। मैंने सिर्फ यह पूछा था कि क्या उन्हें मेरे पुराने साथी गौडफ्रे एम्सवर्थ के बारे में कुछ पता है। उन दोनों ने मुझे यह विश्वास दिलाया कि वह संसार की यात्रा पर गया है। वह घर आ गया था और उसके बाद तुरंत ही चल पड़ा। स्पष्ट है कि यह कहानी सब लोग सच मानते हैं।"

"आपने अपने संदेहों की तो कोई बात नहीं कही?"

"जी, नहीं।"

"यह बड़ी बुद्धिमत्ता की। मामला सचमुच जांच करने योग्य है। मैं आपके साथ टक्सबरी ओल्ड पार्क चल रहा हूं।"

"आज ही ?"

बात ऐसी थी कि उस समय मैं उस मामले को सुलझा रहा था जिसे मेरे मित्र वाटसन ने 'एबे स्कूल' शीर्षक से प्रस्तुत किया है, जिसमें ग्रेमिंसटर का ड्यूक इतना गहरा उलझा हुआ था। मेरे पास तुर्की के सुलतान का भी एक पत्र था जिस पर तत्काल कार्यवाही होनी चाहिए थी, क्योंकि उसकी उपेक्षा से गम्भीरतम प्रकार से राजनीतिक दुष्परिणाम हो सकते थे। इसलिए जैसाकि मेरी डायरी में दर्ज है, मैं अगला सप्ताह शुरू हो जाने पर ही श्री जेम्स एम. डाड के साथ बैडफोर्डशायर जांच के लिए रवाना हो सका। यूस्टन की ओर जाते हुए हमने एक गम्भीर और कम बोलने वाले भलेमानस को साथ ले लिया, जिसके साथ मैंने पहले ही व्यवस्था कर ली थी।

"ये एक पुराने मित्र हैं।" मैंने डाड से कहा, "हो सकता है कि इनके वहां हाज़िर होने की कोई आवश्यकता न हो, और दूसरी ओर यह भी सम्भव है कि इनका होना बहुत आवश्यक हो। इस मामले में और कुछ कहने की आवश्यकता नहीं है।"

वाटसन के वर्णनों ने पाठक को निःसंदेह इस बात का अभ्यस्त कर दिया है कि जिस समय किसी मामले पर सचमुच जांच चल रही होती है उस समय मैं न तो बेकार शब्द बोलता हूं और न अपने विचार प्रकट करता हूं। डाड चकित मालूम हुआ, पर और कुछ वार्तालाप नहीं हुआ और हम तीनों इकट्ठे चले गए। ट्रेन में मैंने डाड से एक और प्रश्न

पूछा जो मैं चाहता था कि हमारा साथी सुन ले।

"आप कहते हैं कि आपने अपने मित्र का चेहरा खिड़की पर बिलकुल साफ-साफ देखा, इतना साफ कि आपको पक्का यकीन है कि वह वही था?"

"मुझे इस बारे में ज़रा भी शक नहीं। उसकी नाक कांच से कसकर लगी हुई थी। लैम्प की रोशनी उस पर पूरी तरह पड़ रही थी।"

"यह सम्भव नहीं कि वह उससे मिलता-जुलता और कोई व्यक्ति हो?"

"नहीं, नहीं; वह वही था।"

"पर आप कहते हैं कि वह बदला हुआ था?"

"केवल रंग में। उसका चेहरा ऐसा था–मैं आपको किस तरह बताऊं?–वह मछली के पेट जैसा सफेद था। वह रंगहीन हो गया था।"

"क्या वह सारे में एक जैसा सफेद था?"

"मेरा ऐसा खयाल नहीं है। मैंने उसकी भौंह ही साफ-साफ देखी, क्योंकि वह खिड़की से लगी हुई थी।"

"क्या आपने उसे पुकारा?"

"क्षण-भर के लिए तो मैं चौंककर हक्का-बक्का रह गया। इसके बाद मैंने उसका पीछा किया, जैसाकि मैं आपको बतला चुका हूं, पर बिलकुल व्यर्थ।"

मेरी जांच-पड़ताल करीब-करीब पूरी हो चुकी थी और इसे बिलकुल पूरा होने में केवल एक छोटी-सी घटना की कमी थी। जब बहुत लम्बी सड़क पार कर आने के बाद हम इस अजीब पुराने लम्बे-चौड़े मकान

में पहुंचे, जिसका मेरे नियुक्तिकर्ता ने वर्णन किया था, तब बूढ़े नौकर राल्फ ने आकर दरवाज़ा खोला। मैंने गाड़ी दिन-भर के लिए किराए पर ली थी और अपने बुज़ुर्ग मित्र से तब तक उसी में बैठे रहने के लिए कहा, जब तक हम उसे न बुलाएं। राल्फ, जो नाटा और झुर्रियों वाला बुड्ढा था, वही आम प्रचलित पोशाक–काला कोट और नमक-मिर्च का पाजामा–पहने हुए था। बस, उसमें केवल एक अजीब-सी भिन्नता थी। उसने बादामी रंग के चमड़े के दस्ताने पहने हुए थे, जो उसने हमें देखकर तुरंत उतार दिए और हमारे अंदर घुसते समय हॉल की मेज़ पर रख दिए। मेरी इंद्रियां, जैसाकि मेरे मित्र वाटसन ने बताया होगा, असाधारण बारीकी से कार्य करने वाली हैं। वहां मुझे एक हलकी पर काटने वाली गंध महसूस हुई। वह मेज़ के बीच से आ रही मालूम होती थी। मैं मुड़ा, अपना टोप उतारकर उस पर रखा, उसे नीचे गिरा दिया, उसे उठाने के लिए झुका और इस प्रकार दस्तानों के एक फुट के अंदर अपनी नाक ले आने का उपाय कर लिया। हां, निश्चय से वह अजीब कोलतार की-सी गंध उनसे ही निकल रही थी। अब मेरी जांच पूरी हो गई थी और मैं अब बैठक में चला गया था। अफसोस है कि अपनी कहानी आप कहकर मुझे अपनी चतुराई स्वयं बतानी पड़ रही है। अफसोस है कि अपनी कहानी आदि कहते हुए मुझे अपना रहस्य भी खोलते जाना पड़ता है। सांकल की इन कड़ियों को छिपाकर ही वाटसन आकर्षक परिणति पैदा करने में सफल हो जाता है।

कर्नल एम्सवर्थ अपने कमरे में नहीं था, पर राल्फ से खबर मिलने पर वह झटपट आ गया। हमने रास्ते में उसके तेज, भारी कदमों की आहट सुनी। दरवाज़ा खट से खुला और वह अस्तव्यस्त दाढ़ी और विकृत चेहरा लिए अंदर आया। वह बड़ा भयंकर रूप धारण किए

हुआ था। उसने हमारे कार्ड अपने हाथ में लिए, उन्हें फाड़कर डाल दिया और टुकड़ों को जूतों से कुचला।

"क्या मैंने तुमसे नहीं कह दिया था कि खबरदार जो इस मकान में पांव रखा? अब कभी अपना मनहूस मुंह यहां मत दिखाना। अगर तुम बिना मेरी इजाज़त फिर इस मकान में घुसे तो मुझे हिंसा का प्रयोग करने का हक होगा। मैं तुम्हें गोली से उड़ा दूंगा, जनाब। ईश्वर की कसम, मैं तुम्हें उड़ा दूंगा; और आपको जनाब," मेरी ओर मुड़ते हुए वह बोला, "मैं आपको भी यही चेतावनी देता हूं। मैं आपके बेहूदे पेशे से परिचित हूं और आप अपने मशहूर गुणों का किसी और क्षेत्र में प्रयोग करें।"

"मैं यहां से तब तक नहीं जा सकता," मेरे नियुक्तिकर्ता ने दृढ़ता से कहा, "जब तक गौडफ्रे के अपने मुंह से यह न सुन लूं कि वह किसी तरह की कैद में नहीं है।"

हमारे ज़बरदस्ती बनाए हुए मेज़बान ने घंटी बजाई।

"राल्फ," वह बोला, "पुलिस को टेलीफोन कर दो और इंस्पेक्टर से कहो कि दो सिपाही भेज दे। उससे कहो कि घर में चोर घुस आए हैं।"

"ज़रा ठहरिए," मैंने कहा, "आपको पता ही होगा मिस्टर डाड कि कर्नल एम्सवर्थ को यह अधिकार है और हमारा उनके मकान में आने का कानूनन कोई अधिकार नहीं है। दूसरी ओर, उन्हें यह महसूस करना चाहिए कि आप जो कुछ कर रहे हैं उसका एकमात्र कारण उनके पुत्र की हितकामना ही है। मैं यह आशा करता हूं कि यदि मुझे कर्नल एम्सवर्थ से पांच मिनट बातचीत करने का मौका दिया जाए, तो मैं इस मामले में निश्चित ही उनका विचार बदल दूंगा।"

"मैं इतनी आसानी से नहीं बदलता।" वृद्ध सेनापति ने कहा, "राल्फ, जो कुछ मैंने कहा है वह करो। कमबख्त खड़ा हुआ मुंह क्या देख रहा है? पुलिस को फोन कर।" "न-न, ऐसा न करना," मैंने दरवाज़े से पीठ लगाते हुए कहा, "पुलिस के आने पर वही दुर्घटना होगी जिससे आप डर रहे हैं।" मैंने अपनी नोटबुक निकाली और उसके एक फटे हुए कागज पर एक शब्द घसीटा। "इस कारण से," मैंने वह कागज़ एम्सवर्थ के हाथ में देते हुए कहा, "हम लोग यहां आए हैं।"

वह उस शब्द की ओर ऐसे चेहरे से घूर रहा था जिस पर से विस्मय के अलावा सब भाव दूर हो गए थे।

"आपको कैसे पता ?" वह हांफता हुआ अपनी कुर्सी पर गिरता-सा बोला।

"बातों को जानना तो मेरा काम ही है। मेरा पेशा ही यह है।"

वह गहरे विचार में मग्न होकर बैठ गया और उसका हाथ बार-बार अस्तव्यस्त दाढ़ी पर जा रहा था। इसके बाद उसने अपने को छोड़ देने का भाव दिखाया।

"अच्छा, यदि आप गौडफ्रे को देखना चाहते हैं तो देखिए। मैं तो ऐसा नहीं चाहता था, पर आपने मुझे लाचार कर दिया। राल्फ, श्री गौडफ्रे और श्री कैंट से कह दो कि पांच मिनट में हम उनके पास पहुंच जाएंगे।"

पांच मिनट बाद हम बाग की सड़क से होकर सिरे पर बने हुए उस रहस्यपूर्ण मकान के सामने आ गए। एक ठिंगना दाढ़ी वाला आदमी दरवाज़े पर खड़ा था जिसके चेहरे पर बड़े आश्चर्य का भाव था।

"यह बड़ी आकस्मिक बात हुई, कर्नल एम्सवर्थ," वह बोला, "इससे हमारी सब योजनाएं गड़बड़ हो जाएंगी।"

"मैं लाचार हूं, मिस्टर कैंट। हमें मजबूर कर दिया गया। क्या श्री

गौडफ्रे हमसे मिल सकेंगे?"

"जी हां, वे अंदर प्रतीक्षा कर रहे हैं।" वह मुड़ा और हमें बड़ी सादगी से सजे हुए कमरे में ले गया। एक आदमी आग की ओर पीठ किए हुए खड़ा था और उसे देखकर मेरे नियुक्तिकर्ता हाथ निकालकर आगे को लपका।

"क्यों भई गौडफ्रे, तुम खूब हो।"

पर दूसरे ने उसे इशारे से परे रहने को कहा।

"मुझे छुओ मत, जिम्मी। मुझसे दूर रहो। हां, तुम बेशक घूर सकते हो। मैं बी स्क्वैड्रन का चुस्त लांस कारपोरल एम्सवर्थ नहीं लगता, ठीक है न?"

उसका चेहरा सचमुच ही असाधारण था। उसे देखने से लगता था कि वह अवश्य सुंदर आदमी था और जिसका सांचे में ढला हुआ रूप अफ्रीका की धूप से कुछ सांवला हो गया था। पर इस सांवली त्वचा के ऊपर कुछ सफेद दाग थे, जिनसे उसकी खाल का रंग उड़ गया था।

"इसी कारण मैं लोगों के सामने नहीं आता।" वह बोला, "तुम्हारी तो मुझे फिक्र नहीं है जिम्मी, पर यदि ये तुम्हारे मित्र न आते तो अच्छा होता। मैं समझता हूं कि इसका कोई ज़रूरी कारण होगा, पर मेरी कठिनाई तो तुम देख ही रहे हो।"

"मैं यह निश्चय करना चाहता था कि तुम्हारे ऊपर कोई बंधन नहीं है, गौडफ्रे। मैंने तुम्हें उस रात देखा था जब तुमने मेरी खिड़की में झांका, और मैं तब तक चुप नहीं बैठ सकता था जब तक सारा मामला साफ न हो जाए।"

"राल्फ ने मुझसे कहा था कि तुम आए हुए हो और मैं तुम पर

एक नज़र डाले बिना न रह सका और मुझे आशा थी कि तुम मुझे नहीं देख सकोगे, और जब मैंने खिड़की खुलने की आवाज़ सुनी, तब मुझे दौड़कर अपने कमरे में आना पड़ा।"

"पर भगवान के वास्ते, यह तो बताओ कि मामला क्या है?"

"कुछ लम्बा किस्सा नहीं है," वह सिगरेट जलाता हुआ बोला, "तुम्हें उस दिन सवेरे प्रिटोरिया के बाहरी हिस्से में बफल स्प्रुट में पूर्वी रेलवे लाइन पर हुई लड़ाई की याद होगी। तुमने सुना होगा कि मेरे चोट आई थी।"

"हां, मैंने सुना था, पर मुझे उसका विवरण कभी नहीं मिला।"

"हम तीन आदमी औरों से अलग हो गए थे। तुम्हें याद होगा कि वह बड़ा ऊंचा-नीचा प्रदेश है। एक सिम्पसन था-वही आदमी जिसे हम बार्डी सिम्पसन कहा करते थे दूसरा एंडरसन और मैं। हम बोअरों का सफाया कर रहे थे। पर उन्होंने हम तीन को घेर लिया। बाकी दो मारे गए। मेरे कंधे पर एक गोली लगी। पर मैं अपने घोड़े से चिपका रहा और उसके कई मील तक भागते जाने के बाद मैं मूर्छित हो गया और काठी से लुढ़क पड़ा।

"जब मैं होश में आया, तब रात शुरू हो चुकी थी। मैं जैसे-तैसे उठा। मेरे शरीर में बड़ी कमज़ोरी महसूस हो रही थी। मुझे यह देखकर आश्चर्य हुआ कि वहां मेरे निकट ही एक मकान था। यह काफी बड़ा मकान था, जिसके आगे एक चौड़ा चबूतरा था और बहुत-सी खिड़कियां थीं। कड़ी तेज़ सर्दी थी। तुम्हें उस सुन्न करने वाली सर्दी की याद होगी जो शाम को हो जाया करती थी। यह कंपकंपी पैदा करने वाली तेज़ सर्दी ताज़गी देने वाली स्वास्थ्यदायक सर्दी से बिलकुल भिन्न होती थी। खैर, मेरी

हड्डियां तक जकड़ गईं और उस मकान तक पहुंच सकने पर ही मुझे अपने ज़िंदा रहने की एकमात्र आशा मालूम होती थी। मैं बड़ी मुश्किल से लड़खड़ाता, घिसटता, अभिभूत-सी अवस्था में वहां तक पहुंचा। मुझे इस बात की धुंधली-सी याद है कि मैं धीरे-धीरे सीढ़ियों पर चढ़ा, एक खुले दरवाज़े में घुसा, एक बड़े कमरे में पहुंचा जिसमें कई बिस्तर थे और संतोष की सांस लेकर उनमें से एक पर गिर पड़ा। बिस्तर अस्तव्यस्त था, पर इससे मुझे कुछ परेशानी नहीं हुई। मैंने अपने कांपते हुए शरीर पर कपड़े खींच लिए और ज़रा ही देर में मैं गहरी नींद में चला गया।

"जब मैं जागा तब सवेरा था और मुझे ऐसा लगा कि जैसे इस दुनिया में आने के बजाय मैं किसी अजीब कल्पनालोक में जागा हूं। तेज़ अफ्रीकन धूप बड़ी-बड़ी बेपरदों की खिड़कियों में से आ रही थी और उस विशाल खाली सफेद पुते हुए कमरे की हर चीज़ बिलकुल साफ दिखाई दे रही थी। मेरे सामने एक ठिंगना बौना, बड़े गांठ जैसे सिर वाला आदमी खड़ा था जो उत्तेजित होकर डच भाषा में कुछ बोल रहा था और दो भयंकर हाथ हिला रहा था जो मुझे बादामी रंग के स्पंजों जैसे दिखाई दिए। उसके पीछे कुछ लोग खड़े थे जो इस हालत का बड़ा मज़ा ले रहे मालूम होते थे। पर उन्हें देखकर मेरे शरीर में सनसनी दौड़ गई। उनमें से एक भी आदमी ठीक ढंग का आदमी नहीं था। हर कोई किसी-न-किसी रूप में विकृत या फूला हुआ या विरूप था। इन अजीब शकलों की हंसी सुनने से भय मालूम होता था।

"प्रतीत होता था कि उनमें से कोई भी अंग्रेजी नहीं बोल सकता था। पर स्थिति समझ में नहीं आ रही थी, क्योंकि बड़े सिर वाला आदमी बड़े गुस्से में था और अनाप-शनाप बक रहा था और वह

बिना यह परवाह किए कि मेरे घाव से फिर खून निकलने लगा है, मुझे अपने विकृत हाथों से पकड़कर बिस्तर में से खींच रहा था। वह छोटा-सा दानव सांड के समान ताकतवर था और यदि एक बुज़ुर्ग आदमी, जो स्पष्टतः उन लोगों के ऊपर था, शोर सुनकर उस कमरे में न आ गया होता तो पता नहीं उसने मेरी क्या गत बनाई होती। बुज़ुर्ग आदमी ने डच भाषा में कुछ कठोर शब्द कहे और मुझे पकड़ने वाला वह आदमी पीछे हट गया। इसके बाद वह मेरी ओर मुड़ा और बड़े विस्मय से मेरी ओर ताकने लगा।

" 'तुम इस जगह आए किस तरह?' उसने चकित होकर पूछा। 'ज़रा ठहरो, तुम थके हुए मालूम होते हो, और तुम्हारे घायल कंधे को मरहमपट्टी की आवश्यकता है। मैं डॉक्टर हूं और मैं शीघ्र ही तुम्हारी पट्टी बांध दूंगा। पर ज़िंदा आदमी, तुम यहां जितने खतरे में हो, उतने खतरे में युद्धक्षेत्र में कभी नहीं रहे होगे। तुम कोढ़ियों के हस्पताल में हो और एक कोढ़ी के बिस्तर में सोए हो।'

"क्या और कुछ बताने की ज़रूरत है जिम्मी? ऐसा लगता है कि लड़ाई की सम्भावना से इन कोढ़ियों को पिछले दिनों वहां से हटा दिया गया था। फिर अंग्रेज़ों के आगे बढ़ने के कारण उन्हें यह उनका मेडीकल सपरिंटेंडेंट वापस ले आया था। उसने मुझसे कहा कि यद्यपि मैं समझता हूं कि मुझ पर इस रोग का प्रभाव नहीं हो सकता, पर फिर भी जो कुछ तुमने किया है वह मैं करने की हिम्मत नहीं कर सकता था। उसने मुझे एक प्राइवेट कमरे में सहानुभूति से रखा और एक सप्ताह में प्रिटोरिया से जनरल हस्पताल में भेज दिया।

"यह है मेरी बदकिस्मती का किस्सा। मैं निराश होकर भी आशा करता रहा, पर घर आने पर ही मुझे यह पता चला और जो भयंकर

दाग तुमने मेरे चेहरे पर देखे हैं, उनसे मालूम हुआ कि मैं बच नहीं सका हूं। मैं क्या करता? मैं इस सुनसान मकान में था। हमारे पास दो नौकर थे जिन पर हम पूरा विश्वास कर सकते थे। गोपनीयता की प्रतिज्ञा कराकर श्री कैंट को, जो डॉक्टर हैं, मेरे पास रहने के लिए तैयार किया गया। इस तरह बात सीधी मालूम होती थी। दूसरा रास्ता बड़ा भयानक था–जीवन-भर के लिए घर से अलग होकर अजनबी लोगों में जा पड़ना, जहां से कभी छुटकारे की आशा नहीं थी पर पूर्ण गोपनीयता अवश्य थी। नहीं तो इस सुनसान देहात में भी शोर मच जाता और मुझे उस भयंकर दुर्गति में जाना पड़ता। इसीलिए, जिम्मी, तुमको भी अज्ञान में रखना पड़ा। समझ में नहीं आता कि मेरे पिता का विचार क्यों बदल गया है?"

कर्नल एम्सवर्थ ने मेरी ओर इशारा किया।

"ये सज्जन हैं, जिन्होंने मुझे मजबूर कर दिया।" उन्होंने वह कागज़ का टुकड़ा खोला जिस पर मैंने 'कोढ़' शब्द लिखा था। "मुझे ऐसा मालूम हुआ कि यदि इन्हें इतना पता है तो इनके सारी बात जान लेने में ही अधिक हिफाज़त रहेगी।"

"और सचमुच ही रहेगी," मैंने कहा।

"क्या पता कि इससे कुछ भला ही हो। मेरे विचार से केवल श्री कैंट ने रोगी को देखा है। महोदय, क्या मैं पूछ सकता हूं कि इन रोगों के बारे में, जो मैं समझता हूं कि उष्णदेशीय या अर्द्धउष्णदेशीय ढंग के हैं, क्या आप कोई विशेषज्ञ हैं?"

"मुझे शिक्षित डॉक्टर के जितना सामान्य ज्ञान है," उन्होंने कुछ कठोरता से कहा।

"मुझे कोई संदेह नहीं महोदय कि आप पूरी तरह योग्य आदमी

हैं, पर मुझे निश्चय है कि आप इस बात से सहमत होंगे कि इस तरह के रोग में दूसरे डॉक्टर की राय लेना भी लाभदायक होगा। मैं समझता हूं कि आपने इस डर से इससे बचने की कोशिश की है कि कहीं रोगी को घर से हटाने के लिए जोर न डाला जाए।"

"यही बात है," कर्नल एम्सवर्थ ने कहा।

"मैंने पहले ही इस परिस्थिति को भांप लिया था," मैंने स्पष्ट करते हुए कहा, "और मैं अपने साथ एक ऐसे मित्र को लाया हूं जिसके निर्णय पर पूरा भरोसा किया जा सकता है। एक बार मैंने उनके लिए कुछ कार्य किया था और इसलिए वे विशेषज्ञ के बजाय मित्र के रूप में सलाह देने के लिए तैयार हैं। उनका नाम है सर जेम्स सोंडर्स।"

किसी फौजी जमादार को प्रधान सेनापति के साथ भेंट की सम्भावना से भी इतना आश्चर्य और आनंद न हुआ होता जितना अब श्री कैंट के चेहरे पर दिखाई दे रहा था।

"यह तो सचमुच मेरे लिए बड़े अभिमान की बात है," उन्होंने गुनगुनाते हुए कहा।

"तो मैं सर जेम्स से इधर आने के लिए कहूंगा। वे इस समय दरवाज़े से बाहर गाड़ी में बैठे हैं। तब तक कर्नल एम्सवर्थ, आइए, हम लोग आपकी बैठक में इकट्ठे हों, जहां मैं आवश्यक स्पष्टीकरण दे सकूं।"

और यहां आकर मुझे अपने वाटसन की कमी खटक रही थी। चतुराई-भरे प्रश्नों और विस्मय के उद्गारों द्वारा वह मेरी मामूली कला को, जो केवल व्यवस्थित, सामान्य बुद्धि तक ही है, एक महान विद्या के स्तर तक उठा सकता था। अपनी कहानी स्वयं सुनाते हुए यह सहारा

नहीं मिल सकता। फिर भी मैं अपने विचार का वह क्रम पेश करूंगा जो मैंने कर्नल एम्सवर्थ की बैठक में उन थोड़े-से श्रोताओं के सामने सुनाया था जिनमें गौडफ्रे की माता भी थी।

"वह क्रम," मैंने कहा, "इस मान्यता से आरम्भ होता है कि जब आपने सब असम्भव बातों को अलग कर दिया, तब जो कुछ शेष रहा, वह चाहे जितना असम्भाव्य हो, पर अवश्य सत्य होगा। हो सकता है कि एक से अधिक स्पष्टीकरण रह जाएं और उस अवस्था में एक-एक क्रम को तब तक परखना होगा जब तक कि उनमें से एक या दूसरे का काफी पक्का समर्थन करने वाले प्रमाण न मिल जाएं। यही सिद्धांत अब हम इस मामले पर लागू करेंगे। जब यह मामला मेरे सामने पहली बार पेश किया गया, तब इस भलेमानस को इसके पिता के मकान में इस बाहरी कमरे में अलग करने या कैद करने के तीन सम्भव कारण हो सकते थे–या तो यह कि वह किसी अपराध के कारण छिपा हुआ है, या फिर वह पागल है और वे उसे पागलखाने भेजने से बचना चाहते हैं और या उसे कोई ऐसा रोग है जिसके कारण उसे अलग रखा गया है। और कोई व्याख्या मुझे पूरी नहीं जंची। अब इनकी एक-दूसरे से तुलना करनी थी।

"अपराध वाली बात जांच में नहीं टिकती थी। इस ज़िले में किसी ऐसे अपराध की कोई रिपोर्ट नहीं थी जिसका रहस्य न खुला हो। इसका मुझे पक्का विश्वास था। यदि ऐसा कोई अपराध होता, जिसका अभी पता नहीं चला है तो स्पष्टतः परिवार का हित इसी में था कि वह अपराधी को दूर भेज दे न कि इसमें कि उसे घर पर छिपाकर रखे। इस तरह के व्यवहार के लिए कोई कारण मुझे नहीं समझ में आया।

"पागलपन की बात अधिक जंचने वाली थी। बाहरले मकान में दूसरे आदमी का होना देखभाल करने वाले डॉक्टर का सूचक था। इस बात से कि उसने बाहर आने के बाद दरवाज़े पर ताला लगा दिया, इस कल्पना की पुष्टि होती थी और पाबंदी लगाने की बात सामने आती थी। दूसरी ओर यह पाबंदी सख्त नहीं रही होगी, क्योंकि उस हालत में वह नौजवान वहां से छूटकर अपने मित्र को देखने नहीं आ सकता था। आपको याद होगा, मिस्टर डाड कि मैंने कुछ प्रश्नों द्वारा आपको टटोला था। उदाहरण के लिए मैंने पूछा था कि श्री कैंट कौन-सा अखबार पढ़ रहे थे। यदि वह दि लांसेट या ब्रिटिश मेडीकल जर्नल होता तो इससे मुझे मदद मिलती। परंतु पागल आदमी को तब तक अपने मकान पर रखना गैरकानूनी नहीं है जब तक कि बाकायदा पढ़ा हुआ डॉक्टर उसकी देखभाल करता हो और स्वास्थ्य अधिकारियों को उचित सूचना दे दी गई हो। तब फिर गोपनीयता के लिए इतना ज़बरदस्त आग्रह क्यों? यह विचार भी तथ्यों के साथ मेल खाता नहीं दिखाई दिया।

"अब तीसरी सम्भावना रह गई थी जो आमतौर से होने वाली नहीं थी, पर फिर भी उसमें सब तथ्य ठीक से जम जाते थे। दक्षिण अफ्रीका में कोढ़ आम होता है। सम्भव है कि किसी तरह इस जवान को उसकी छूत लग गई हो। उसके परिवार के लोगों की बड़ी भयानक स्थिति हो गई होगी, क्योंकि वे चाहते होंगे कि उसे किसी तरह घर से न हटाया जाए। इधर-उधर अफवाहें फैलने और बाद में अधिकारियों की दखलअंदाज़ी को रोकने के लिए बड़ी गोपनीयता की आवश्यकता होगी। काफी मेहनताना देने पर ऐसा निष्ठावान डॉक्टर मिल सकता है जो रोगी को सम्भाल सके। अंधेरा हो जाने

के बाद रोगी को आज़ादी न देने के लिए कोई कारण नहीं रहता। इस रोग से चमड़ी का रंग आमतौर से सफेद हो जाता है। यही सम्भावना सबसे अधिक प्रबल थी–इतनी प्रबल थी कि मैंने इस तरह कार्य करने का निश्चय कर लिया कि जैसे मानो सचमुच यह सिद्ध हो चुका हो। जब यहां आने पर देखा कि राल्फ ने, जो भोजन बाहर ले जाता है, ऐसे दस्ताने पहन रखे हैं जो कृमिनाशक दवाई से सिंचे हुए हैं, तब मेरा बचा-खुचा संदेह भी जाता रहा। आपको, कर्नल एम्सवर्थ, एक ही शब्द से पता चल गया कि आपका रहस्य खुल चुका है और मैंने मुंह से कहने के बजाय जो आपको कागज़ पर लिखकर दिया, वह आपके सामने यही सिद्ध करने के लिए कि मेरे विवेक पर भरोसा किया जा सकता है।"

मैं अपने मामले का यह छोटा-सा विश्लेषण समाप्त ही कर रहा था कि दरवाज़ा खुला और चमड़ी-रोगों के महान विशेषज्ञ की गम्भीर मूर्ति अंदर प्रविष्ट हुई। पर अब उनकी उदासीनता दूर हो गई और उनकी आंखों में गहरी करुणा झलक रही थी। वे कर्नल एम्सवर्थ के पास गए और उन्होंने उनसे हाथ मिलाया।

"प्रायः मेरे सिर बुरे समाचार देने का ही काम पड़ता है, अच्छे नहीं," उन्होंने कहा, "पर इस बार अच्छा समाचार है। यह कोढ़ नहीं है।"

"हैं!"

"यह कूट-कुष्ठ या इकथियोसिस का स्पष्ट केस है। यह रोग चमड़ी के ऊपर से हटने का रोग है, जो कुरूप कर देता है। बड़ी मुश्किल से हटता है, पर हट जाता है और निश्चय ही यह छूत का रोग नहीं है। हां, मिस्टर होम्ज़, यह संयोग अद्भुत है। पर क्या यह संयोग

है? क्या ऐसे सूक्ष्म बल क्रियाशील नहीं हैं जिनके बारे में हम कुछ भी नहीं जानते? क्या हम निश्चय से यह कह सकते हैं कि उस भय से, जो छूत लगने के बारे में इस नौजवान के मन में गहरा छाया रहा है, ऐसा शारीरिक प्रभाव नहीं पैदा हो सकता जिससे वही चीज़ दीखने लगी हो जिसका इसे डर था? जो भी हो, मैं अपनी सारी प्रसिद्धि को दांव पर लगाकर कहता हूं...पर लेडी एम्सवर्थ मूर्छित हो गई। मेरा खयाल है, श्री कैंट तब तक उन्हें सम्भालें, जब तक वे इस आनंद के धक्के से मुक्त न हों।"

रहस्यपूर्ण हत्याएं

शरलक होम्ज़ के साथ अपनी लम्बी और गहरी मैत्री से सम्बंधित विचित्र अनुभवों और मनोरंजक संस्मरणों में से कुछ को कभी-कभी लेखबद्ध करने में मेरे , सागने हमेशा इस कारण कठिनाइयां आई हैं कि वे स्वयं प्रसिद्धि से दूर रहना चाहते हैं। आम जनता में प्रशंसा पाने को उनका गम्भीर मन हमेशा घृणा की दृष्टि से देखता है। और उनका सबसे अधिक मनोरंजन इस बात से हुआ करता है कि कोई केस सफल हो जाने पर उसके पता लगाने का श्रेय किसी पुराने ढंग के अफसर को दिया जाता है, और अपात्र व्यक्तियों को दी जाने वाली बधाइयों को वे उपहास-भरी. मुस्कुराहटों से सुनते हैं। अपने मित्र के इस रवैये के कारण ही, न कि इस कारण कि मेरे पास कोई मनोरंजक सामग्री नहीं थी, मैं कुछ वर्षों से जनता के सामने बहुत थोड़े मामले रख सका। उसके कुछ साहसिक कार्यों में मेरा हिस्सा लेना मेरे लिए गौरव की बात थी और इसीलिए मेरा विवेक और मौन रखना आवश्यक था।

तो पिछले मंगलवार होम्ज़ का एक तार पाकर मुझे बड़ा आश्चर्य हुआ–जहां तार से काम चल जाए, वहां वह कभी चिट्ठी नहीं लिखा करता–जिसमें लिखा था : "कौर्निश कांड वाला मामला क्यों नहीं लिखते जो मेरे केसों में सबसे अद्भुत रहा है?" समझ में नहीं आया कि अतीत की स्मृति के किस झोंके ने उसे यह बात फिर याद करा दी, या किस लहर ने उसमें फिर यह इच्छा पैदा कर दी कि मैं फिर वह किस्सा सुनाऊं। पर मैं पहले तार को रद्द करने वाला दूसरा तार आने से पहले ही जल्दी-जल्दी अपनी नोटबुकें देख लेता हूं, जिनसे मुझे उन केसों का ठीक-ठीक ब्योरा मिल जाए, और पाठकों के सामने उसकी कहानी पेश किए देता हूं।

तो, अठारह सौ सत्तानबे की वसंत ऋतु में होम्ज़ के लोहे के शरीर में लगातार कठोर परिश्रम के कारण गिरावट के कुछ लक्षण दिखाई देने लगे, जो शायद उसकी बीच-बीच में की जाने वाली अविवेकपूर्ण अतियों के कारण उग्र हो गए। उस वर्ष मार्च में हारले स्ट्रीट के डॉ. मूर एगर ने, जिनके होम्ज़ के साथ नाटकीय परिचय की कहानी मैं किसी दिन सुनाऊंगा, यह स्पष्ट आदेश दे दिया कि इस प्रसिद्ध प्राइवेट जासूस को अपने सब केस छोड़कर पूर्ण विश्राम करना चाहिए, नहीं तो एकदम पूरी गिरावट आ जाएगी। अपने स्वास्थ्य के विषय में उसकी अपनी ज़रा-सी दिलचस्पी नहीं थी, क्योंकि वह अपने शरीर से पूर्णतया अनासक्त था, पर अंत में यह कहकर कि अन्यथा तुम हमेशा के लिए इस काम की सामर्थ्य से वंचित हो जाओगे, उसे स्थान और वायु का पूर्ण परिवर्तन करने के लिए मना लिया गया। इस प्रकार उस वर्ष वसंत के आरम्भ में हम

दोनों कौर्निश प्रायद्वीप के परले सिरे पर पोलडू खाड़ी के पास एक छोटी-सी कुटिया में आ पहुंचे।

यह एक निराली जगह थी और मेरे मरीज़ के गहरे मिज़ाज के लिए खासतौर से उपयुक्त थी। अपने चूने से पुते हुए छोटे-से मकान की खिड़कियों से–यह मकान घास वाले एक अंतरीप की ऊंचाई पर बना हुआ था–हम माउंट्स की खाड़ी के उस सारे भयंकर घेरे को देखा करते थे। यह समुद्र में आने वाले जहाजों के लिए पुराना मौत का फंदा थी और इसके किनारे काली चट्टानें और तरंगों से भरी हुई शिलाएं थीं, जिन पर हज़ारों नाविक मौत के शिकार हो चुके थे। उत्तरी हवा चलने पर यह शांत और निश्चल हो जाता है और तूफान से परेशान जहाज़ों को विश्राम और रक्षा के लिए इसमें आ जाने का प्रलोभन होता है।

इसके बाद तेज़ हवा का आकस्मिक झोंका, दक्षिण-पश्चिम से ज़ोर की आंधी आती है। लंगर घसीटा जाता है, तट पर दौड़ लगती है और उठती हुई तरंगों में अंतिम संघर्ष होता है। बुद्धिमान नाविक इस दुष्ट स्थान से बाहर ही रहता है।

धरती की ओर भी हमारा पड़ोस वैसा ही बुरा था, जैसा समुद्र की ओर इस प्रदेश में लम्बे-चौड़े दलदल, जो बिलकुल सुनसान और काले रंग के थे और कहीं-कहीं कोई गिरजाघर का बुर्ज दिखाई देता था, जो पुराने जमाने का कोई गांव होने की सूचना देता था। इन दलदलों पर सब दिशाओं में किसी लुप्त जाति के चिह्न थे जो बिलकुल खत्म हो चुकी थी। पत्थर के अजीब स्मारक ही उसके एकमात्र सूचक रह गए थे। ये ऊंचे-नीचे टीले थे जिनमें जलाए

हुए मुर्दों की राख थी और मिट्टी की अजीब वस्तुएं थीं जिनसे प्रागैतिहासिक संघर्ष का संकेत मिलता था। इस स्थान की प्रसिद्धि और रहस्यमयता और विस्मृति के गर्भ में गए हुए राष्ट्रों का भीषण वातावरण मेरे मित्र के मन को पसंद आया था और वह दूर-दूर के चक्कर काटने और दलदल पर अकेले बैठकर विचार करते रहने में अपना समय बिताता था। प्राचीन कार्निश भाषा की ओर भी उसका ध्यान गया था और मुझे याद है कि उसके मन में यह विचार आया था कि यह खालदियन भाषा से सम्बंधित है और अधिकतर कलई बेचने वाले फीनीशियन व्यापारियों की भाषा से बनी है। उसे भाषा-विज्ञान की बहुत-सी पुस्तकों का एक पार्सल आ गया था और वह अपने इस विचार को परिष्कृत करने के लिए जम ही रहा था कि एकाएक मेरे लिए अफसोस और उसके लिए स्पष्ट आनंद देने वाली एक समस्या आ गई। हमने देखा कि उस स्वप्नों के देश में भी हम बिलकुल अपने दरवाज़े पर ही एक ऐसी समस्या में पड़ गए हैं जो उन सब समस्याओं से अधिक गहरी, अधिक खींचने वाली और अधिक रहस्य वाली थी, जिनसे बचकर हम लंदन से आए थे। हमारे सरल जीवन और शांत स्वास्थ्योपयोगी कार्यक्रम में भारी बाधा पड़ गई और ऐसी घटनाओं की ज़ंजीर में फंस गए जिसने न केवल कार्नवाल में बल्कि सारे पश्चिमी इंग्लैंड में बहुत अधिक उत्तेजना पैदा कर दी। मेरे बहुत-से पाठकों को उस कांड की कुछ याद होगी जो उस समय 'कौर्निश कांड' के नाम से प्रसिद्ध हुआ था, हालांकि लंदन के अखबारों को मामले का बहुत ही अधूरा विवरण मिल सका था। अब तेरह साल बाद मैं इस अकल्पनीय मामले का असली ब्योरा जनता के सामने रखूंगा।

मैं बता चुका हूं कि कार्नवाल के इस हिस्से में दूर-दूर पर जो गांव थे, उनमें ऊपर उठे हुए बुर्ज दिखाई देते थे। इनमें से सबसे पास ट्रेडैनिक वोलास का खेड़ा था जिसमें करीब दो सौ निवासियों के झोंपड़े एक पुराने काई से काले चर्च के चारों ओर बने हुए थे। गिरजाघर का पादरी श्री राउंडहे भवन-निर्माण का जानकार था और इसलिए होम्ज़ का उससे परिचय हो गया। वह अधेड़ उम्र का खुशमिज़ाज आदमी था, जिसे स्थानीय बातों की काफी जानकारी थी। उसके निमंत्रण पर हमने उसके यहां चाय पी थी और हमारा परिचय एक स्वतंत्र सज्जन श्री मार्टिमर ट्रेगेनिस से भी हो गया था, जो पादरी के लम्बे-चौड़े मकान में कमरे लेकर पादरी की मामूली आमदनी में बढ़ोत्तरी करते थे। पादरी अविवाहित था इसलिए उसे इस व्यवस्था से खुशी थी, यद्यपि उसमें और उसके किरायेदार में कुछ भी समानता नहीं थी। किरायेदार पतला, काला, चश्मा लगाने वाला आदमी था और उसकी कमर ऐसी झुकी हुई थी जैसे मानो उसमें सचमुच कोई शारीरिक दोष है। मुझे याद है कि अपनी थोड़ी देर की मुलाकात में हमने देखा कि पादरी तो काफी बात करने वाला है पर उसका किरायेदार अजीब ढंग से चुप बैठा रहता है। वह चेहरे पर उदासी लिए मन-ही-मन कुछ सोचता हुआ, आंखें परे किए बैठा था और लगता था कि वह अपने ही मामलों के बारे में सोचता था।

ये दोनों आदमी एकाएक मंगलवार 16 मार्च को हमारी छोटी-सी बैठक में घुसे। हम अभी नाश्ता करके इकट्ठे बैठकर सिगरेट पी रहे थे और दलदलों की ओर अपनी प्रतिदिन की यात्रा की तैयारी कर रहे थे।

"मिस्टर होम्ज़," पादरी ने बड़ी घबराई हुई आवाज़ में कहा, "रात में बड़ी अद्भुत और दुखदायी घटना हो गई। ऐसी घटना कभी किसी ने नहीं सुनी होगी। हम इस बात को भाग्य का संकेत समझ सकते हैं कि इस समय आप अचानक यहां हैं, क्योंकि इस समय इंग्लैंड-भर के एक ही आदमी की ज़रूरत है और वह हैं आप।"

मैंने गुस्ताख पादरी की तरफ जिस नज़र से देखा उसे मित्रता की नज़र नहीं कहा जा सकता; पर होम्ज़ ने अपने होंठों से सिगार हटाया और वह बुड्ढे शिकारी कुत्ते की तरह, जो चौकन्ना होकर आती हुई आवाज़ को सुनता है, कुर्सी में ऊपर को होकर बैठ गया। उसने हाथ से उन्हें सोफे पर बैठने का इशारा किया और हमारा घबराया हुआ अतिथि और उसका परेशान साथी उस पर पास-पास बैठ गए। श्री मार्टिमर ट्रेगेनिस पादरी की अपेक्षा अधिक संयत था, पर उसके पतले हाथों की फड़कन और उसकी काली आंखों की चमक यह बता रही थी कि उसके दिल में भी बड़ी घबराहट है।

'मैं बताऊं या आप?" उसने पादरी से पूछा।

"जो भी बात हो, पर मालूम होता है कि वह पहले आपने देखी है और पादरी ने बाद में देखी है। इसलिए शायद यही अच्छा होगा कि आप बताएं।" होम्ज़ ने कहा।

मैंने जल्दी-जल्दी में कपड़े पहनकर आए हुए पादरी पर और बाकायदा पोशाक पहने हुए उसके पास बैठे किरायेदार पर नज़र डाली और होम्ज़ के मामूली निष्कर्ष से उनके चेहरों पर आया हुआ आश्चर्य का भाव देखकर मन में मुस्कुराया।

"शायद यह अच्छा होगा कि पहले मैं थोड़े-से शब्द कह दूं," पादरी ने कहा, "और फिर आप यह फैसला कर सकते हैं कि आप श्री

ट्रेगेनिस से विवरण सुनना चाहते हैं या हमें तुरंत इस रहस्यमय घटना के स्थान पर चलना चाहिए। तो मैं आपको यह बता दूं कि कल शाम का समय इन मित्र ने अपने दो भाइयों ओवन और जॉर्ज तथा अपनी बहन ब्रेंडा के साथ ट्रेडानिक वारथा में उनके मकान पर बिताया, जो दलदल पर पुराने पत्थर के क्रॉस के पास है। दस बजे के कुछ बाद ये उन्हें भोजन की मेज़ के गिर्द ताश खेलते हुए भले-चंगे छोड़ आए थे। ये जल्दी तो उठते ही हैं। आज सवेरे नाश्ते से पहले घूमते हुए उस तरफ गए और पीछे से डॉ. रिचर्ड्स की गाड़ी आई और उन्होंने बताया कि इन्हें बहुत जल्दी ट्रेडानिक वारथा आने के लिए कहा गया था। स्वभावतः श्री मार्टिमर ट्रेगेनिस उनके साथ चले गए। जब वे ट्रेडानिक वारथा पहुंचे, तब इन्होंने एक बड़ी अजीब स्थिति देखी। इनके दोनों भाई और इनकी बहन मेज़ के चारों ओर वैसे ही बैठे थे जैसे कि वे उन्हें छोड़ आए थे। ताश अब भी उनके सामने फैले हुए थे और मोमबत्तियां नीचे तक जल गई थीं। बहन कुर्सी में मौत से जड़ हो गई थी और दोनों भाई उसके दोनों तरफ बैठे हंस, चिल्ला और गा रहे थे। उनकी बुद्धि नष्ट हो चुकी थी। उन तीनों–मुर्दा औरत और दोनों पागल आदमियों–के चेहरे पर अत्यधिक विभीषिका और आतंक की दहशत का भाव था जिसे देखने से डर लगता था। मकान में और किसी के होने का कोई चिह्न नहीं था। केवल श्रीमती पोर्टर थीं जो पुरानी मिसरानी और मकान की रखवाली करने वाली हैं। उन्होंने कहा कि मैं गहरी नींद सोई और मैंने रात में कोई आवाज़ नहीं सुनी। न कोई चीज़ चुराई गई है और न अव्यवस्थित है। और ऐसे आतंक का कोई कारण समझ में नहीं आता जिससे डर के मारे एक औरत मर गई और दो सशक्त आदमी पागल हो गए हैं। संक्षेप में यह स्थिति है, मिस्टर होम्ज़ और

यदि आप इसे हल करने में हमारी मदद कर सकें तो यह एक महान कार्य होगा।"

मैंने यह आशा की थी कि मैं किसी तरह अपने साथी को शांति से बैठे रहने के लिए प्रेरित कर सकूंगा जिसके लिए हम यहां आए थे, पर उसके विचारमग्न चेहरे और सिकुड़ी हुई भौंहों पर एक नज़र डालने से ही मुझे स्पष्ट हो गया कि यह आशा कितनी व्यर्थ थी। वह कुछ देर तक उस अजीब मामले में डूबा हुआ चुपचाप बैठा रहा जो हमारी शांति तोड़ने आ पहुंचा था।

"मैं इस मामले की जांच करूंगा।" अंत में उसने कहा, "ऊपर से यह मामला बिलकुल नए ढंग का मालूम होता है। क्या आप स्वयं वहां हो आए हैं, मिस्टर राउंडहे?"

"नहीं; मिस्टर ट्रेगेनिस यह खबर मेरे पास लाए और मैं तुरंत इनके साथ आपसे राय लेने आ गया।"

"जहां यह अजीब दुर्घटना हुई, वह मकान कितनी दूर है?"

"लगभग एक मील।"

"तो हम इकट्ठे वहां चलेंगे। पर चलने से पहले मैं आपसे कुछ प्रश्न पूछूंगा, मिस्टर ट्रेगेनिस।"

दूसरा आदमी इस सारे समय चुप रहा था। पर मैंने गौर किया था कि उसकी नियंत्रित उत्तेजना पादरी के स्पष्ट भावावेश से भी अधिक थी। वह अपना पीला उदास चेहरा लिए चिंता के साथ होम्ज़ पर टकटकी लगाए बैठा था और उसके पतले हाथ एक-दूसरे को पकड़े हुए हिल रहे थे। अपने परिवार पर पड़े हुए इस भयानक अनुभव को सुनते हुए वे

कांपे और उसकी काली आंखों से उस दृश्य की विभीषिका का कुछ रूप प्रतिफलित हो रहा मालूम होता था।

"आप जो चाहें पूछिए, मिस्टर होम्ज़," उसने उत्सुकता से कहा, "उसके बारे में बात करना बड़ा बुरा है, पर मैं आपको सही उत्तर दूंगा।"

"मुझे कल रात के बारे में बताइए।"

"बात यह है, मिस्टर होम्ज़, मैंने वहां शाम का भोजन किया, जैसा कि पादरी साहब ने बताया है और मेरे बड़े भाई जॉर्ज ने उसके बाद ताश खेलने की बात चलाई। हम लगभग नौ बजे ताश खेलने बैठे। जब मैं चला तब सवा दस बजे थे। मैं उन्हें मेज़ के चारों ओर भले-चंगे छोड़ आया था।"

"आपको बाहर किसने पहुंचाया था?"

"श्रीमती पोर्टर सो चुकी थीं। इसलिए मैं स्वयं बाहर आया। मैंने हॉल का दरवाज़ा बंद कर दिया। जिस कमरे में वे बैठे थे, उसकी खिड़की बंद थी पर चिक नीचे नहीं पड़ी थी। आज सवेरे दरवाज़े या खिड़की में कोई परिवर्तन नहीं था और न यह सोचने का कारण था कि बाहर से कोई आदमी मकान में आया है। फिर भी वे वहां आतंक से बिलकुल पागल हुए बैठे थे, और ब्रेंडा डर के मारे मरी पडी थी और उसका सिर कुर्सी के हत्थे पर लटक गया था। उस कमरे का दृश्य सारे जीवन मेरे दिमाग से नहीं निकल सकता।"

"जो तथ्य आपने बताए हैं, वे सचमुच बड़े विचित्र हैं," होम्ज़ ने कहा, "मैं यह मान लेता हूं कि आपके मन में कोई ऐसा विचार नहीं आता जिससे आप उनकी व्याख्या कर सकें।"

"यह तो शैतान का काम है मिस्टर होम्ज़, शैतान का," मार्टिमर

ट्रेगेनिस ने चिल्लाकर कहा, "यह इस दुनिया की चीज़ नहीं है। कोई चीज़ उस कमरे में आई है जिसने उनके दिमागों से तर्कबुद्धि को नष्ट कर दिया। मनुष्य किस तरह ऐसा कर सकता है?"

"मुझे भय है," होम्ज़ ने कहा, "कि यदि यह मामला मनुष्य की शक्ति से परे का है तो निश्चय ही यह मेरी सामर्थ्य से परे का है। फिर भी हमें इस तरह की कोई धारणा बनाने से पहले सब प्राकृतिक कारणों पर विचार करना चाहिए। जहां तक आपका सम्बंध है, मिस्टर ट्रेगेनिस, मैं यह मान लेता हूं कि आप किसी ढंग से अपने परिवार से अलग थे और उनसे कुछ मतभेद रखते थे, क्योंकि वे एक साथ रहते थे और आपने अलग कमरे किराये पर ले रखे थे।"

"यही बात है, मिस्टर होम्ज़, यद्यपि अब मामला गया-गुज़रा हो चुका। हमारा परिवार रेड्रुथ में कलई की खानों का काम करता था। पर हमने अपना कारोबार एक कम्पनी को बेच दिया और इस प्रकार काफी धन लेकर काम से मुक्त हो गए। मैं इस बात से इंकार नहीं करता कि रुपए के बंटवारे के बारे में कुछ तनातनी थी और कुछ समय तक इसके कारण हममें आपस में नाराजगी रही; पर वह सब अब बीती बात हो चुकी थी, और हम आपस में बड़े प्रेम से रहते थे।"

"कल शाम, जब आप सब लोग साथ थे, की घटनाओं पर फिर विचार करने से क्या आपको कोई ऐसी बात याद आती है जिससे इस दुर्घटना पर कुछ प्रकाश पड़ सकता हो ? ध्यान से सोचिए, मि. ट्रेगेनिस कि आपको कोई ऐसा संकेत याद आ जाए जिससे मुझे मदद मिले।"

"नहीं साहब, ऐसी कोई भी बात नहीं है।"

"आपके भाई-बहन सदा की तरह खुश थे?"

"बेशक।"

"क्या वे नर्वस लोग थे? क्या उनमें कभी भविष्य के खतरे का भय दिखाई देता था?"

"कुछ भी नहीं।"

"तो आप और कोई ऐसी बात नहीं बता सकते जिससे मुझे मदद मिले?"

मार्टिमर ट्रेगेनिस ने क्षण-भर गम्भीरता से सोचा।

"एक बात मुझे सूझती है," उसने अंत में कहा, "जब हम मेज़ पर बैठे थे, तब मेरी पीठ खिड़की की ओर थी और मेरा भाई जॉर्ज, जो ताश में मेरा साथी था, मेरे सामने बैठा था। एक बार मैंने उसे अपने कंधे की ओर ध्यान से देखते हुए देखा। इसलिए मैं पीछे मुड़ा और मैंने भी देखा। चिक लिपटी हुई थी और खिड़की बंद थी, पर मैं लॉन में झाड़ियों को ज़रा-सा देख सका और एक क्षण के लिए मुझे ऐसा प्रतीत हुआ कि मैंने उनमें कोई चीज़ चलती हुई देखी। मैं यह भी नहीं समझ सका कि वह कोई आदमी था या पशु, पर मैंने केवल यह सोचा कि वहां कोई था। जब मैंने उससे पूछा कि वह क्या देख रहा था, तब उसने मुझसे कहा कि मुझे भी कुछ ऐसा ही लगा। मैं इतना ही कह सकता हूं।"

"आपने जांच-पड़ताल नहीं की?"

"नहीं। यह बात यों ही महत्त्वहीन समझकर कोई ध्यान नहीं दिया।"

"तो जब आप वहां से आए तब संकट की कोई पूर्व सम्भावना नहीं थी?"

"नहीं, बिलकुल भी नहीं।"

"मुझे यह स्पष्ट नहीं हुआ कि आप सुबह यह खबर इतनी जल्दी कैसे सुन पाए?"

"मैं सुबह जल्दी उठा करता हूं और आमतौर से नाश्ते से पहले सैर को जाता हूं। आज सवेरे मैं रवाना ही हुआ था कि डॉक्टर की गाड़ी ने मुझे आ पकड़ा। डॉक्टर ने मुझे बताया था कि श्रीमती पोर्टर ने एक लड़के को भेजकर उसे तुरंत बुलवाया था। मैं उसकी गाड़ी में बैठ गया और हम चल पड़े। वहां पहुंचकर उस भयानक कमरे में नज़र डाली। मोमबत्तियां और आग घंटों पहले जल चुकी होंगी और वे वहां सुबह होने तक अंधेरे में बैठे रहे। डॉक्टर ने कहा कि ब्रेंडा को मरे कम-से-कम छः घंटे हो गए। किसी तरह की ज़ोर-ज़बरदस्ती के चिह्न नहीं थे। वह कुर्सी की बांह पर पड़ी थी और उसके चेहरे पर उस तरह का भाव था। जॉर्ज तथा ओवन गीतों की पंक्तियां गा रहे थे और दो बड़े बंदरों की तरह नाच रहे थे। ओह, कितना भयंकर दृश्य था! मैं इसे सहन न कर सका और डॉक्टर कपड़े जैसा सफेद हो गया। सच पूछो तो वह मूर्छित-सा होकर कुर्सी में गिर पड़ा और हमने उसे करीब-करीब अपने हाथों पर सम्भाला।"

"कमाल हो गया," होम्ज़ ने उठते हुए और अपना टोप उठाते हुए कहा। "मेरा खयाल है कि अब हमें तुरंत ट्रेडानिक वारथा चल देना चाहिए। मैं स्वीकार करता हूं कि मेरे सामने ऐसा निराला सवाल कभी नहीं आया।"

हमारी उस दिन सवेरे की कार्यवाही से जांच कुछ आगे नहीं बढ़ी, पर इसमें शुरू में ही एक ऐसी घटना हुई जिससे मेरे मन पर बड़ा बुरा प्रभाव पड़ा। उस जगह, जहां यह दुर्घटना हुई थी, पहुंचने का रास्ता एक संकरी चक्करदार देहाती सड़क से था। इस पर जाते हुए हमें अपनी ओर आती हुई गाड़ी की खटर-खटर सुनाई दी और हम उसे गुज़र जाने देने के लिए एक किनारे खड़े हो गए। जब वह हमारे

पास से गुज़री तब मैंने बंद खिड़की के छेद में से एक भयंकर सिकुड़े हुए मुस्कुराते चेहरे को हम लोगों की ओर घूरते हुए देखा। वे घूरती हुई आंखें और पीसे जाते हुए दांत किसी भयंकर प्रेत या छाया की तरह चमकते हुए गुज़रे।

"मेरे भाई!" मार्टिमर ट्रेगेनिस चिल्लाया और उसके होंठ तक सफेद हो गए। "वे उन्हें हेलस्टन ले जा रहे हैं।"

हमने अपने रास्ते पर जाती हुई काली गाड़ी को भय के साथ देखा। इसके बाद हमने उस अपशकुनी मकान की ओर कदम बढ़ाए जिसमें उनके साथ यह अजीब घटना हुई थी।

यह एक बड़ा और सुंदर मकान था, बल्कि कोठी कहना चाहिए, जिसके साथ बड़ा खुला बाग था जिसमें उस कौर्नलैंड की वायु में वसंत के फूल खूब खिले हुए थे। बैठक की खिड़की इस बाग की ओर खुलती थी और मार्टिमर ट्रेगेनिस के अनुसार इससे ही वह भयंकर चीज़ आई होगी जिसके क्षण-भर के आतंकमात्र से उनके दिमाग नष्ट हो गए। होम्ज़ फूलों की क्यारियों में और रास्ते पर धीरे-धीरे और विचारपूर्वक कदम रखता हुआ चला और हम लोग ड्योढ़ी पर आ गए। मुझे याद है कि वह अपने विचारों में इतना डूबा हुआ था कि वह पानी देने के बर्तन पर लड़खड़ा गया। पानी गिर पड़ा और हमारे पैरों और बाग के रास्ते, दोनों को उसने भिगो दिया। मकान के अंदर हमें बूढ़ी कौर्नलैंड की रहने वाली श्रीमती पोर्टर मिली जो घर सम्भालती थी और एक नौजवान लड़की की मदद से घर की ज़रूरतों की देखभाल करती थी। उसने होम्ज़ के सब प्रश्नों के तत्परता से उत्तर दिए। रात में उसने कुछ नहीं सुना। उसके मालिक बहुत दिनों से

अच्छी प्रसन्न अवस्था में थे और वे इससे अधिक प्रसन्न और समृद्ध कभी भी नहीं थे। वह सवेरे कमरे में घुसने पर डर के मारे मूर्छित हो गई थी। होश आने पर उसने खिड़कियां खोल दी थीं जिससे सुबह की हवा अंदर आ सके और सड़क पर जाकर उसने एक लड़के को डॉक्टर को बुलाने भेजा। मृत महिला दूसरी मंज़िल में अपने कमरे में है, और यदि हम चाहें तो देख लें। दोनों भाइयों को पागलखाने की गाड़ी में बैठाने में चार बलवान आदमियों को ज़ोर लगाना पड़ा। वह स्वयं एक दिन भी उस घर में नहीं रहेगी और उसी दिन तीसरे पहर सेंट आइवस में अपने परिवार में जा रही है।

हम सीढ़ियों से ऊपर चढ़े और हमने लाश देखी। मिस ब्रेंडा ट्रेगेनिस कभी बड़ी सुंदर लड़की थी, यद्यपि अब वह अधेड़ उम्र के पास पहुंच गई थी। उसका सांवला सुडौल चेहरा मरने पर भी सुंदर था, पर अब भी उसके ऊपर वह आतंक की रेखा मौजूद थी जो उसके जीवन का अंतिम भाव था। उसके सोने के कमरे से उतरकर हम बैठक में आए, जहां यह अजीब दुर्घटना हुई थी। पिछली रात की आग की जली हुई राख अंगीठी में थी। मेज़ पर चार जली हुई मोमबत्तियां थीं और उस पर ताश भी फैले हुए थे। कुर्सियों को हटाकर दीवार से लगा दिया गया था, पर और सब कुछ वैसे ही था जैसे क़ल रात था। होम्ज़ ने हलके तेज़ कदमों से कमरे के चारों ओर चक्कर लगाया। वह कई अलग-अलग कुर्सियों पर बैठा और उन्हें अलग-अलग ढंग से लगाकर और खींचकर उन पर बैठा। उसने यह जांच की कि कितना बाग दिखाई देता है। उसने फर्श, छत और अंगीठी की परीक्षा की, पर एक बार भी उसकी आंखों में वह आकस्मिक चमक और होंठों का भिंचाव नहीं

दिखाई दिया जिससे मुझे पता चल जाता कि इस निपट अंधकार में उसे प्रकाश की कोई किरण दिखाई दे गई।

"आग क्यों?" उसने एक बार पूछा, "क्या वसंत में शाम को इस छोटे कमरे में वे हमेशा आग जलाते थे?"

मार्टिमर ट्रेगेनिस ने बताया कि रात ठंडी और सीली थी, इसलिए उसके आने के बाद आग जलाई गई थी। "अब आप क्या करने वाले हैं, मिस्टर होम्ज़?"

मेरा मित्र मुस्कुराया और उसने अपना हाथ मेरी बांह पर रखा। "मेरा खयाल है वाटसन कि मैं तम्बाकू का ज़हर पीने का वह कार्यक्रम फिर शुरू करूंगा जिसे तुम आमतौर से उचित कारण से ही बुरा कहा करते हो।" उसने कहा, "यदि आपकी अनुमति हो, सज्जनो तो हम अपनी कुटिया में लौट जाएं, क्योंकि मुझे ऐसा नहीं लगता कि अब कोई नई बात यहां हमारी नज़र में आ सकती है। मैं तथ्यों पर विचार करूंगा, मिस्टर ट्रेगेनिस और यदि मुझे कोई बात सूझेगी तो मैं अवश्य आपको और पादरी साहब को खबर दूंगा। अच्छा, अब नमस्कार।"

पोल्डहू कुटिया में लौट आने के बहुत बाद होम्ज़ ने अपना पूर्ण और गहरा मौन तोड़ा। वह अपनी आरामकुर्सी में सिकुड़कर बैठ गया। उसका आभाहीन और दुर्बल चेहरा उसके तम्बाकू के धुएं के जाल में मुश्किल से दिखाई देता था। उसकी काली भौंहें नीचे को खिंची हुई थीं, माथा सिकुड़ा हुआ था, आंखें भावशून्य और किसी चिंता में मग्न थीं। अंत में उसने अपना सिगार रख दिया और वह उठकर खड़ा हो गया।

"इससे काम नहीं चलेगा वाटसन," उसने कुछ हंसकर कहा,

"आओ, हम दोनों पत्थरों पर घूमकर आएं और वहां पत्थर के तीर तलाश करें। इस समस्या के हल की अपेक्षा उन्हें ढूंढ़ लेना अधिक आसान है। बिना काफी सामग्री के दिमाग को काम करने देना तो ऐसा है, जैसे इंजन दौड़ाना। यह टूटकर टुकड़े-टुकड़े हो जाता है। समुद्री हवा, धूप और धैर्य–ये सब चीजें एक साथ मिल जाएंगी, वाटसन।

"आओ, अब शांति से अपनी स्थिति पर स्पष्ट विचार करें वाटसन," उसने पत्थरों पर चलते हुए कहा, "जो कुछ हमें निश्चित रूप से पता है उसे हम कसकर पकड़ लें, ताकि जब नए तथ्य सामने आएं तब उन्हें हम उनके स्थान पर बिठा सकें। पहली बात तो यह है कि मैं यह मान लेता हूं कि हममें से कोई भी आदमियों के मामलों में भूत-प्रेत का दखल मानने को तैयार नहीं। इस बात को तो पहले ही बिलकुल दूर कर दो। बहुत अच्छा। अब तीन व्यक्ति रहे जिन्हें किसी ज्ञात या अज्ञात मनुष्य ने घातक चोट पहुंचाई। यह दृढ़ आधार है। अब सवाल यह है कि यह घटना कब हुई। स्पष्ट है कि यदि उसके कथन को सच मान लें तो यह घटना मार्टिमर ट्रेगेनिस के कमरे से निकलने के तुरंत बाद हुई है। यह बड़ी महत्त्व की बात है। कल्पना यह है कि यह घटना उसके जाने के बाद कुछ ही मिनटों में हुई। ताश अब भी मेज़ पर रखे थे। उनका आमतौर से सोने का समय शुरू हो चुका था। फिर भी उन्होंने अपने स्थान नहीं बदले थे या अपनी कुर्सियां पीछे नहीं हटाई थीं। इसलिए मैं फिर यह कहता हूं कि यह घटना उसके रवाना होने के तुरंत बाद हुई और कल रात ग्यारह बजे के बाद नहीं हुई।

"स्पष्टतः हमारा अगला काम यह है कि मार्टिमर ट्रेगेनिस के वहां से रवाना होने के बाद की उसकी गतिविधियों की जांच जहां

तक हो सके, करें। इसमें कोई कठिनाई नहीं है और वे संदेह से मुक्त मालूम होते हैं। मेरे तरीके तो तुम जानते ही हो, इसलिए मेरा पानी के बर्तन को गिराने का कुछ भद्दा तरीका तुमने देखा ही जिससे मैं उसके पांव का अधिक स्पष्ट निशान प्राप्त कर सका। गीले रेतीले रास्ते पर वह बड़ा अच्छा आया। कल की रात भी गीली थी, जैसा कि तुम्हें याद होगा और एक नमूने का पदचिह्न ले लेने के बाद और पांवों में से उसके पदचिह्न को पहचानना और उसके पदचिह्नों का पीछा करना कुछ कठिन नहीं था। वह गिरजाघर की दिशा में तेज़ी से गया मालूम होता है।

"तो यदि मार्टिमर ट्रेगेनिस घटनास्थल से लुप्त हो गया और फिर भी कोई बाहरी व्यक्ति ताश खेलने वालों को प्रभावित कर गया तो हम उस व्यक्ति तक कैसे पहुंच सकते हैं और इस तरह का भय का प्रभाव कैसे वहां डाला गया। श्रीमती पोर्टर को तो छोड़ देना चाहिए। स्पष्टतः वह कोई हानि नहीं पहुंचा सकती। क्या ऐसी कोई गवाही है कि कोई आदमी रेंगता हुआ बाग की खिड़की तक पहुंचा हो और उसने किसी तरह ऐसा भयंकर प्रभाव पैदा कर दिया हो कि जिन्होंने उसे देखा वे अपने होशो-हवाश खो बैठे? इस दिशा में एकमात्र सुझाव स्वयं मार्टिमर ट्रेगेनिस ने पेश किया जो कहता है कि उसके भाई ने बाग में कोई हलचल होने की बात कही थी। यह बात निश्चय ही विचित्र है, क्योंकि रात में वर्षा थी, बादल थे और अंधेरा था। जो आदमी इन लोगों को डराने का इरादा लेकर आएगा, उसे अपना चेहरा कांच तक लाना पड़ेगा तभी वह दिखाई दे सकता है। इस खिड़की के बाहर तीन फुट तक फूल-ही-फूल हैं पर कोई पदचिह्न नहीं है। तो यह कल्पना करना कठिन है कि कोई बाहर का

आदमी इन पर ऐसा भीषण प्रभाव डाल सका और न इस तरह के अजीब और बड़े प्रयत्न के लिए कोई सम्भव कारण समझ में आता है। देखीं हमारी कठिनाइयां वाटसन?"

"वे तो बिलकुल स्पष्ट थीं," मैंने कायल होते हुए जवाब दिया।

"और फिर भी थोड़ी-सी और सामग्री हो तो हम यह सिद्ध कर सकते हैं कि वे असाध्य कठिनाइयां नहीं थीं।" होम्ज़ ने कहा, "मेरा खयाल है कि हमारे पिछले मामलों में भी ऐसे कुछ अस्पष्ट मामले मिले। तब तक हम इस मामले को छोड़ देते हैं जब तक कि अधिक सही सामग्री न प्राप्त हो और सुबह का अपना शेष समय नियोलिथिक युग के आदमी की खोज में लगाएंगे।"

मैंने अपने मित्र की मानसिक तटस्थता की शक्ति पर पहले विचार प्रकट किया होगा। पर उस पर पहले मुझे कभी इतना आश्चर्य नहीं हुआ जितना उस दिन सवेरे कार्नवाल में, जब उसने दो घंटे तक कैल्टों, तीरों और बर्तनों के टुकड़ों पर ऐसे हलकेपन से भाषण दिया जैसे उसे कोई भयंकर रहस्य हल नहीं करना है। तीसरे पहर अपनी कुटिया पर लौटने पर हमने देखा कि एक अभ्यागत हमारी प्रतीक्षा कर रहा है और इससे फिर हमें अपने मामले का ध्यान आ गया। हममें से किसी को भी यह बताने की आवश्यकता नहीं थी कि वह अभ्यागत कौन था। उसका भीमकाय शरीर, गहरी रेखाओं वाला चेहरा, भयंकर आंखें, बाज़ जैसी नाक, खड़े हुए कड़े बाल, जो हमारी कुटिया की छत की झाड़-सी लगा रहे थे, दाढ़ी जो सिरे पर सुनहरी और होंठों के पास सफेद थी, पर उस पर उसके अखंड सिगार पीने के तम्बाकू का धब्बा लगा हुआ था–ये सब चीज़ें लंदन

में उतनी ही सुपरिचित थीं जितनी अफ्रीका में और ये सब चीजें महान शेरों के शिकारी और खोजी डॉ. लियोन स्टर्नडेल के विशाल व्यक्तित्व की ही परिचायक थीं।

हमने इस ज़िले में उसके होने की बात सुनी थी और एक-दो बार उस दलदल भूमि के रास्तों पर उनकी ऊंची मूर्ति की झलक भी देखी थी, पर उन्होंने हमसे परिचय की कोई कोशिश नहीं की और न हम स्वप्न में भी उनसे परिचय की बात सोच सकते थे, क्योंकि यह प्रसिद्ध था कि एकांत के प्रेमी होने के कारण वे अफ्रीका की यात्राओं के बीच का समय बीचम एरायंस के निर्जन जंगल में बने हुए एक छोटे-से बंगले में बिताते थे। यहां अपनी पुस्तकों और नक्शों के बीच वे पूर्णतया एकाकी जीवन बिताते थे और अपनी छोटी-मोटी ज़रूरतें पूरी करते हुए अपने पड़ोसियों के मामलों की ओर कुछ भी ध्यान नहीं देते मालूम होते थे। इसलिए मुझे यह सुनकर आश्चर्य हुआ कि वे होम्ज़ से उत्सुकतापूर्वक यह पूछ रहे हैं। कि क्या उसे इस रहस्यमय घटना की खोज करने में सफलता मिली। "ज़िले की पुलिस बिलकुल बेकार है," उन्होंने कहा, "पर शायद आपको व्यापक अनुभव से कोई उपयुक्त व्याख्या सझी हो। मेरा आपसे ये बातें जानने का दावा इतना ही है। कि यहां बहुत बार निवास करने के दिनों में इस ट्रेगेनिस परिवार से मेरा बहत अच्छा परिचय हो गया था। सच पूछिए तो अपनी कौर्निश माता की तरफ से मैं इन्हें अपने भाई कह सकता था और उनके साथ हुई इस घटना से स्वभावतः मुझे बड़ा धक्का लगा है। मैं आपको यह बताता हूं कि मैं अफ्रीका जाते हुए प्लाईमाउथ तक पहुंच गया था; पर यह खबर मुझे सवेरे मिली और मैं जांच-पड़ताल में मदद देने के लिए सीधा वापस आ गया।"

होम्ज़ ने अपनी भौंहें ऊपर उठाईं।

"क्या आपको इसके कारण जहाज़ छोड़ना पड़ा?"

"मैं अगला जहाज़ पकड़ लूंगा।"

"हद हो गई। यह सचमुच दोस्ती है।"

"मैं आपसे कह रहा हूं कि वे रिश्तेदार थे।"

"ठीक है, ठीक है। आपकी माता के भाई थे। क्या आपका सामान जहाज़ पर है?"

"कुछ जहाज़ पर है, पर अधिकतर होटल में है।"

"समझ गया। पर निश्चय ही इस घटना की खबर प्लाईमाउथ के सवेरे के अखबारों में नहीं छपी होगी।"

"नहीं, जनाब। मुझे एक तार मिला था।"

"क्या मैं पूछ सकता हूं कि वह किसने भेजा था?"

उस खोजी के रूखे चेहरे पर एक छाया आकर चली गई।

"आप बड़ी बारीकी से पूछते हैं, मिस्टर होम्ज़ !"

"यही मेरा काम है।"

यत्न करके डॉ. स्टर्नडेल ने अपनी विक्षुब्ध शांति फिर हासिल की।

"मुझे आपको बताने में कोई ऐतराज़ नहीं है," उन्होंने कहा, "मुझे पादरी श्री राउंडहे ने तार दिया था।"

"आपका धन्यवाद!" होम्ज़ ने कहा, "आपके पहले प्रश्न के उत्तर में मैं यह कह सकता हूं कि इस केस के मामले में मैं अपना दिमाग पूरी तरह साफ नहीं कर सका। पर मुझे पूरी आशा है कि मैं किसी निष्कर्ष पर पहुंच जाऊंगा। इस समय इससे अधिक कहना असामयिक होगा।"

"शायद आपको यह बताने में कोई आपत्ति न होगी कि क्या आपका संदेह किसी विशेष दिशा में जा रहा है?"

"नहीं। इसका मैं कुछ उत्तर नहीं दे सकता।"

"तो मैंने अपना समय बर्बाद किया, और मुझे यहां ज़्यादा देर ठहरने की ज़रूरत नहीं।" प्रसिद्ध डॉक्टर हमारी कुटिया से काफी अप्रसन्न बाहर निकला और पांच मिनट के भीतर होम्ज़ उसके पीछे-पीछे चल दिया। वह फिर शाम को लौटा और उस समय उसके कदम हलके और चेहरा रूखा था जिससे मुझे निश्चय हो गया कि वह कोई अधिक प्रगति नहीं कर सका। उसने एक तार पर, जो उसके पीछे आया था, नज़र डाली और उसे अंगीठी में डाल दिया।

"यह प्लाईमाउथ होटल से आया है वाटसन," उसने कहा, "होटल का नाम मैंने पादरी से मालूम कर लिया था और यह निश्चय करने के लिए तार दिया था कि डॉक्टर लियोन स्टर्नडेल का विवरण सच्चा है या नहीं। मालूम होता है कि कल की रात इसने सचमुच वहां पर गुज़ारी और इसने अपना कुछ सामान सचमुच अफ्रीका चला जाने दिया है और वह स्वयं इस जांच में उपस्थित होने के लिए लौट आया है। तुम इसका क्या अर्थ लगाते हो, वाटसन?"

"उसकी गहरी दिलचस्पी है।"

"गहरी दिलचस्पी तो अवश्य है। यहां एक ऐसा सूत्र है। जिसे हमने अभी नहीं पकड़ा और जो हमें इस कठिनाई का हल बता सकता है। खुशी मनाओ वाटसन क्योंकि मुझे निश्चय है कि हमारी सारी सामग्री अभी हाथ में नहीं आई। जब यह आ जाएगी तब शीघ्र ही हमारी सब कठिनाइयां दूर हो जाएंगी।"

उस समय मैंने नहीं सोचा था कि होम्ज़ के शब्द कितनी जल्दी सत्य सिद्ध हो जाएंगे या वह नई घटना कितनी अजीब और भयंकर

होगी, जिससे अनुसंधान का एक बिलकुल नया रास्ता खुल गया। मैं सवेरे खिड़की पर हजामत कर रहा था कि उसी समय मैंने खुरों की आवाज़ सुनी और नज़र उठाने पर देखा कि एक छोटी गाड़ी सड़क पर चली जा रही है। वह हमारे दरवाज़े पर रुकी और हमारा मित्र पादरी उसमें से निकलकर हमारे दरवाज़े की ओर दौड़ा। होम्ज़ पहले ही कपड़े पहन चुका था और हम जल्दी से उससे मिलने के लिए झटपट नीचे आए।

उत्तेजना के मारे आगंतुक की आवाज़ नहीं निकल रही थी। पर अंत में हांफते हुए उसने अपनी दुखद कहानी सुनाई।

"हमारे यहां भूत का अड्डा हो गया है, मिस्टर होम्ज़। मेरा गिरजाघर भूत का अड्डा बन गया है," उसने चिल्लाकर कहा,

"उसमें खुद शैतान आ धंसा है। हम उसके हाथों में फंस गए हैं।" वह उत्तेजना के मारे नाचने लगा और यदि उसका चेहरा सफेद और आंखें स्तब्ध न होतीं तो वह बिलकुल उपहासास्पद वस्तु होता।

"मार्टिमर ट्रेगेनिस रात में मर गया और उसमें भी ठीक वही लक्षण थे जो उसके परिवार के बाकी लोगों में थे।"

होम्ज़ क्षण-भर में चुस्ती से उछलकर खड़ा हो गया।

"क्या आप हम दोनों को अपनी गांड़ी में बैठा सकते हैं?"

"जी, हां। बैठा सकता हूं।"

"तो वाटसन, हम नाश्ता फिर करें। मिस्टर राउंडहे, हम आपके अधीन हैं। जल्दी, जल्दी करो, सामान इधर-उधर किए जाने से पहले ही पहुंचो।"

किरायेदार ने दो कमरे ले रखे थे जो आपस में एक कोण बनाते थे।

एक कमरा दूसरे के ऊपर था। नीचे बड़ी-सी बैठक थी। ऊपर उसका सोने का कमरा था। उन्होंने देखा कि बाहर एक लॉन है जो खिड़कियों तक आता है। हम डॉक्टर या पुलिस के आने से पहले ही पहुंच गए थे। इसलिए सब चीज़ें बिलकुल जैसी-की-तैसी मौजूद थीं। मार्च के उस धुंध वाले प्रातःकाल में देखे गए उस दृश्य की छाप मेरे दिमाग से कभी नहीं हट सकती।

कमरे का वातावरण भयंकर और उदासी पैदा करने वाली घुटन का था। जो नौकर पहले घुसा था, उसने खिड़की खोल दी थी। नहीं तो यह और भी असह्य होता। इसका अंशतः यह कारण हो सकता है कि बीच की मेज़ पर एक लैम्प जल रही थी और उसमें से धुआं निकल रहा था। उसके पास मृत व्यक्ति कुर्सी से टिका हुआ बैठा था। उसकी पतली दाढ़ी आगे को निकली हुई थी, उसका चश्मा उसके माथे पर चढ़ा हुआ था और उसका दुबला काला चेहरा जो खिड़की की ओर मुड़ा हुआ था, आतंक से वैसा ही विकृत हो गया था जैसा उसकी मृत बहन का हो गया था। उसकी काया सिकुड़ी हुई थी और उसकी उंगलियां ऐंठी हुई थीं, जैसे मानो वह भय के दौरे में ही मरा हो। उसने पूरे कपड़े पहने हुए थे, यद्यपि यह मालूम होता था कि उसने जल्दी में कपड़े पहने थे। हम यह पहले ही जान चुके थे कि उसके बिस्तर का उपयोग किया गया है। और यह दुखद अंत बड़े सवेरे के समय हुआ है।

होम्ज़ के ऊपर से दुबले-पतले दीखने वाले शरीर में कितनी प्रबल शक्ति थी, यह बात तब मालूम होती जब कोई यह देखता कि उसमें उस घातक कमरे में आने के क्षण से ही कितना आकस्मिक परिवर्तन

आ गया था। क्षण-भर में वह चुस्त और चौकन्ना हो गया, उसकी आंखें चमकने लगीं, उसका चेहरा स्थिर हो गया और उसका शरीर उत्सुकता से हिलने लगा। वह लॉन में गया, खिड़की में से अंदर आया, फिर सोने के कमरे में पहुंचा, जैसे कोई शिकारी कुत्ता तेज़ी से इधर-उधर घूमकर छिपे हुए शिकार को ढूंढ़ रहा हो। सोने के कमरे में वह तेज़ी से चारों ओर घूमा और अंत में उसने खिड़की खोल दी जिससे प्रतीत होता था कि उसे उत्तेजना का नया कारण प्राप्त हुआ, क्योंकि उसने इससे बाहर झुककर ऊंची ध्वनि में दिलचस्पी और हर्ष के सूचक उद्गार प्रकट किए। इसके बाद वह दौड़ता हुआ सीढ़ियों से उतरा, खुली खिड़की से बाहर आया, लॉन पर पट पड़ गया, उछलकर खड़ा हुआ और फिर कमरे में आ गया–ये सब काम उसने उसी फुर्ती से किए जिससे कोई शिकारी अपने सामने भागते हुए शिकार का पीछा करता है। लैम्प की, जो बिलकुल सामान्य ढंग की थी, उसने बड़ी बारीकी से जांच की और उसके डिब्बे की कुछ नाप-जोख भी की। उसने चिमनी के ऊपर के हिस्से को ढंकने वाले सिलखड़ी के शेड की अपने लेंस से सावधानी से जांच की और उसके ऊपर के तल पर चिपकी हुई कुछ राख खुरचकर एक लिफाफे में डाली और उसे अपनी जेब में रख लिया। अंत में ठीक उस समय जब डॉक्टर और पुलिस वहां पहुंचे, उसने पादरी को इशारे से बुलाया और हम तीनों बाहर लॉन में आ गए।

"मुझे यह कहते हुए खुशी हो रही है कि मेरी जांचपड़ताल बिलकुल निष्फल नहीं हुई।" वह बोला, "मैं पुलिस से बातचीत करने के लिए यहां नहीं ठहर सकता, पर मैं आपका बड़ा आभारी हूंगा, मिस्टर राउंडहे, यदि आप इंस्पेक्टर से मेरी नमस्ते कहकर उसका ध्यान

सोने के कमरे की खिड़की और बैठक के लैम्प की ओर खींच देंगे। प्रत्येक से कुछ पता लगता है और मिलाकर वे दोनों प्रायः निश्चायक हैं। यदि पुलिस और जानकारी चाहेगी तो मुझे अपनी कुटिया पर उनमें से किसी से भी मिलकर खुशी होगी। और अब, वाटसन मेरा खयाल है कि हमें और किसी काम में लगना चाहिए।"

हो सकता है कि पुलिस को गैर-पेशेवर आदमी की दखलअंदाज़ी बुरी लगी हो, या उन्हें आशाजनक सूत्र हाथ आ जाने की कल्पना हुई हो, पर यह निश्चित है कि हमें अगले दो दिन तक उनके यहां से कोई खबर नहीं मिली। यह समय होम्ज़ ने अपनी कुटिया में सिगार पीकर और स्वप्न देखकर बिताया, पर अधिकतर समय उसने देहात में घूमने में लगाया। वह अकेला ही घूमता था, और कई घंटे बाद लौटकर वह यह नहीं बताता था कि वह कहां था। एक परीक्षण से मुझे उसकी जांच के सूत्र का पता चला। उसने एक बिलकुल वैसी ही लैम्प खरीदी थी जैसे उस कांड के सवेरे मार्टिमर ट्रेगेनिस के कमरे में जल रही थी। फिर इसमें उसने वही तेल भरा जो पादरी के यहां काम आता था और उसने सावधानी से यह देखा कि वह तेल जलने में कितना समय लगेगा। उसने जो एक और परीक्षण किया वह बड़ा अप्रीतिकर था और उसे मैं शायद कभी नहीं भूल सकता।

"तुम्हें याद होगा वाटसन," एक दिन तीसरे पहर वह बोला, "कि हमारे पास जो तरह-तरह की खबरें पहुंची हैं उनमें एक ही सादृश्य है। वह सादृश्य यह है कि दोनों मामलों में जो लोग कमरे में सबसे पहले घुसे थे, उन पर उसके वातावरण का प्रभाव दिखाई देता है। तुम्हें याद होगा

कि मार्टिमर ट्रेगेनिस ने अपने भाई के घर अपने अंतिम बार जाने का विवरण देते हुए बताया था कि कमरे में घुसने पर डॉक्टर एक कुर्सी पर गिर पड़ा था? तुम शायद भूल गए हो? खैर, मैं निश्चित रूप से कह सकता हूं कि यह बात सच थी। अब तुम्हें याद होगा कि घर सम्भालने वाली श्रीमती पोर्टर ने हमें बताया था कि वह स्वयं भी कमरे में घुसने पर मूर्छित हो गई थी और बाद में उसने खिड़की खोल दी थी। दूसरे–स्वयं मार्टिमर ट्रेगेनिस के मामले में, तुम यह तो न भूले होंगे कि जब हम वहां पहुंचे तब कमरे की हवा कितनी दमघोंटू थी, यद्यपि नौकरानी खिड़की खोल चुकी थी। पूछताछ से मुझे पता चला कि वह नौकरानी इतनी बीमार हो गई कि उसे बिस्तर पकड़ना पड़ा। तुम्हें मानना होगा वाटसन कि इन तथ्यों से बहुत कुछ ध्वनित होता है। दोनों मामलों में विषैले वातावरण का पता लगता है। इसी प्रकार दोनों जगह कुछ-न-कुछ जल रहा था–एक में आग थी तो दूसरे में लैम्प। आग की जरूरत थी, पर लैम्प सूरज निकलने के बहुत देर बाद जलाई गई थी जैसा कि जले हुए तेल की मात्राओं की तुलना से पता चलता है। क्यों? निश्चय ही इस कारण कि तीन चीज़ों–जलना, दमघोंटू वातावरण और अंततः उन अभागे लोगों के पागलपन या मौत–में कुछ सम्बंध है। इतनी बात स्पष्ट है न?"

"हां, मालूम तो ऐसा ही होता है।"

"इसे कम-से-कम आरम्भिक परिकल्पना बनाकर तो चला ही जा सकता है। तो हम यह कल्पना करेंगे कि प्रत्येक मामले में कोई ऐसी चीज़ जलाई गई जिससे अजीब विषैला परिणाम पैदा करने वाला वातावरण उत्पन्न हुआ। बहुत ठीक। पहले कांड में–ट्रेगेनिस परिवार वाले में–यह पदार्थ आग में रखा गया था। तब खिड़की बंद

थी, पर आग के साथ धुआं स्वभावतः चिमनी के कुछ ऊपर तक चला जाएगा। इसलिए यही सम्भावना करनी चाहिए कि इसमें विष का प्रभाव कम रहेगा, जबकि दूसरे मामले में यह अधिक रहेगा जिसमें धुआं निकलने की गुंजाइश कम थी। परिणाम से यही सूचित होता मालूम होता है, क्योंकि पहले मामले में केवल औरत, जो शरीर से सम्भवतः अधिक नाज़ुक थी, मरी और बाकियों में वह स्थायी या अस्थायी पागलपन दिखाई दिया जो स्पष्टतः इस दवाई का पहला प्रभाव है। दूसरे मामले में परिणाम पूरा हुआ। इसलिए तथ्यों से यह सिद्ध हो जाता है कि जलने से प्रभाव डालने वाला विष प्रयुक्त किया गया है।

"अपने दिमाग में यह तर्क-श्रृंखला आने पर मैंने स्वभावतः मार्टिमर ट्रेगेनिस के कमरे में इस पदार्थ के अवशेष की खोज की। यह पदार्थ सिलखड़ी के आवरण या धुआं रोकने की पतरी पर ही हो सकता था। वहां मुझे कुछ राख दिखाई दी और किनारों के चारों ओर एक भूरा-सा पाउडर दिखाई दिया जो अभी जला नहीं था। इसमें से आधा मैंने ले लिया, जैसा कि तुमने देखा था और इसे एक लिफाफे में रख लिया।"

"आधा ही क्यों, होम्ज़?"

"अरे भई वाटसन, पुलिस के काम में रोड़ा अटकाना मेरा काम नहीं है। मैंने उनके लिए वह सब गवाही छोड़ दी है जो मुझे हासिल हुई। विष वहां अब भी मौजूद था पर उनमें इसे देखने की बुद्धि तो हो। अच्छा वाटसन, अब हम अपनी लैम्प जलाएंगे; पर हम खिड़की खोल लेंगे ताकि समाज के दो योग्य सदस्यों की अकाल मृत्यु न हो जाए और तुम उस खुली खिड़की के पास एक आरामकुर्सी पर बैठ

जाओ–हां, तब बात और है जब तुम एक समझदार आदमी की तरह इस मामले से कुछ भी वास्ता न रखने का इरादा कर लो। अच्छा, तो तुम यह करके देखोगे? मैं समझता था कि मैं अपने वाटसन को जानता हूं। यह कुर्सी मैं तुम्हारी कुर्सी के सामने रखूंगा ताकि हम दोनों विष से समान दूरी पर और आमने-सामने हों। दरवाज़ा हम खुला रहने देंगे। इस स्थिति में, हममें से प्रत्येक दूसरे को देख सकता है और यदि लक्षण भयंकर दिखाई दें तो परीक्षण को खतम कर सकता है। यह सब बात स्पष्ट है न? अच्छा तो मैं लिफाफे में से पाउडर निकालता हूं और इसे जलती हुई लैम्प के ऊपर रखता हूं। लो! अब वाटसन आओ बैठ जाएं और परिणाम देखें।"

परिणाम दीखने में देर न लगी, मैं अभी कुर्सी पर जमा भी न था कि मुझे एक भारी कस्तूरी जैसी गंध महसूस हुई जो सूक्ष्म और मचली पैदा करने वाली थी। पहले ही श्वास में मेरा दिमाग और कल्पना नियंत्रण से बाहर हो गए। एक मोटा काला बादल मेरी आंखों के आगे आ गया और मुझे लगने लगा कि इस बादल में, जो अभी दिखाई नहीं दिया था पर मेरी बदहवास चेतना के सामने आने वाला था, वह सब कुछ झलक रहा था जो दुनिया में अधिक-से-अधिक भयंकर, अधिक-से-अधिक विकराल और अधिक-से-अधिक बुरा था। अस्पष्ट आकृतियां काले बादलों में घूमती-तैरती दीखने लगीं। हरेक आकृति आने वाली बला की चेतावनी थी जिसकी छाया से ही मेरी आत्मा फटकर टुकड़े-टुकड़े हो जाएगी। जड़ करने वाला भय मुझ पर छा गया। मुझे महसूस हुआ कि मेरे बाल खड़े हो रहे हैं कि मेरी आंखें बाहर को निकली पड़ रही हैं। कि मेरा मुंह खुल गया है और मेरी जीभ चमड़े जैसी हो गई है। मेरे

दिमाग में होने वाली उथल-पुथल ऐसी थी कि कुछ-न-कुछ आवाज़ अवश्य फूट पड़ती। मैंने चीखने की कोशिश की पर मुझे कुछ ऐसा आभास हुआ जैसे मेरी ही खरखरी आवाज़ हुई पर वह कहीं दूर से आई और उसका मुझसे कुछ भी सम्बंध नहीं था। उसी समय, कुछ बच भागने की कोशिश में, मैंने उस निराशा के बादल के परे और होम्ज़ के चेहरे पर नज़र डाली जो भय से सफेद, कठोर और खिंचा हुआ हो रहा था। यह वही रूप था जो मैंने मृत के चेहरे पर देखा था। इस दृष्टि ने मुझे क्षण-भर के लिए होश में ला दिया और कुछ शक्ति दी। मैं अपनी कुर्सी से झपटा, अपनी बांहों में होम्ज़ को लपेटा और हम दोनों दरवाज़े में से बाहर भाग गए और क्षण-भर बाद घास के मैदान में पास-पास पड़ गए। इस समय हमें केवल चमकी धूप का ज्ञान हो रहा था जो हमारे अंदर व्याप्त आतंक के नारकीय बादल को छिन्न-भिन्न कर रही थी। धीरे-धीरे क्षितिज से कोहरे की तरह यह आतंक हमारी आत्माओं पर से उठ गया और अंत में हमारी शांति और बुद्धि लौट आई और हम घास पर बैठ गए और अपने माथे से पसीना पौंछते हुए एक-दूसरे की ओर भय की नज़र से देखने लगे जिससे अभी प्राप्त किए हुए हमारे अनुभव के अंतिम चिह्न दिखाई दे रहे थे।

"सच मानो वाटसन!" अंत में होम्ज़ ने अस्थिर वाणी में कहा, "मुझे तुम्हारा धन्यवाद भी करना चाहिए और तुमसे क्षमा भी मांगनी चाहिए। ऐसा परीक्षण अपने लिए भी करना अनुचित था, फिर एक मित्र के लिए दुगुना अनुचित था। मुझे सचमुच बड़ा अफसोस है।"

"तुम जानते हो," मैंने कुछ भावावेश से उत्तर दिया, क्योंकि पहले कभी मुझे होम्ज़ का हृदय इतना नहीं दिखाई दिया था, "कि तुम्हारी मदद करना मेरे लिए सबसे बड़ी खुशी की बात है।"

अब वह फिर अर्ध-परिहास, अर्ध-उपहास की धारा में आ गया, जो अपने साथ वालों के प्रति उसकी सदा की आदत थी। "हमें पागलपन तक पहुंचा देना बिलकुल बेकार होता, प्यारे वाटसन।" वह बोला, "कोई भी समझदार आदमी हमारे यह परीक्षण शुरू करने पर ही हमें निश्चित रूप से पागल घोषित कर देता। मैं मानता हूं कि मैंने यह कल्पना बिलकुल नहीं की थी कि इसका प्रभाव इतना आकस्मिक और इतना तीव्र होगा।" वह दौड़कर कुटिया में गया और जलती हुई लैम्प अपने से पूरी दूरी पर पकड़े हुए निकला और उसे उसने झाड़ियों में फेंक दिया। "हमें कमरे के साफ हो जाने के लिए थोड़ी देर इंतज़ार करना चाहिए। मैं यह माने लेता हूं, वाटसन कि अब तुम्हें इस बारे में ज़रा भी संदेह नहीं रहा कि ये दुखद घटनाएं कैसे हुईं !"

"जरा भी नहीं।"

"पर कारण अब भी पहले की तरह ही अज्ञात है। यहां कुंज में आ जाओ तो मिलकर इस पर विचार करें। वह पैशाचिक वस्तु अब भी मेरे गले में अटक रही मालूम होती है। मेरा खयाल है कि हमें यह मानना चाहिए कि पहली घटना में सारी गवाही मार्टिमर ट्रेगेनिस के अपराधी होने की ओर ही संकेत करती है, यद्यपि दूसरी घटना में वह स्वयं शिकार बन गया। प्रथम तो हमें यह याद रखना चाहिए कि हमें पिछले पारिवारिक झगड़े का पता चला है जो बाद में निपट गया था। वह झगडा कितना गहरा था या फैसला कैसा ऊपरी था. यह हम नहीं कह सकते। जब मैं मार्टिमर ट्रेगेनिस के लोमड़ी के जैसे चेहरे और ऐनक के पीछे उसकी कौड़ियों जैसी आंखों की बात सोचता, तब मैं यही समझता हूं कि वह क्षमा करने के स्वभाव वाला नहीं था। खैर, दूसरी बात यह है कि तुम्हें याद

होना चाहिए कि बाग में किसी के चलने की बात, जिसने कुछ देर के लिए घटना में असली कारण से हमारा ध्यान हटा दिया था, उसी ने कही थी। हमें गुमराह करने में उसका स्वार्थ था। अंतिम बात यह कि यदि उसने कमरे में से निकलने से पहले यह चीज़ आग में नहीं फेंकी तो फिर किसने फेंकी? यह मामला उसके रवाना होने के तुरंत बाद हुआ। यदि कोई और अंदर आया होता तो परिवार अवश्य मेज़ से उठा होता। इसके अलावा, कार्नवाल के इस एकांत प्रदेश में अभ्यागत रात को दस बजे के बाद नहीं आते। इसलिए हम यह मान सकते हैं कि सारी गवाही मार्टिमर ट्रेगेनिस को ही अपराधी सूचित करती है।"

"तो उसकी अपनी मौत आत्महत्या थी?"

"भाई वाटसन, यह तो स्पष्ट लगता है कि यह बात असम्भव नहीं हे। जिस आदमी के अंतःकरण पर अपने परिवार की यह दुर्दशा करने का अपराध था, वह पश्चात्ताप में अपनी भी यह गति कर सकता है। पर इसके विरुद्ध कुछ प्रबल तर्क हैं। सौभाग्य से इंग्लैंड में एक आदमी है जो इसके बारे में सब कुछ जानता है और मैंने ऐसी व्यवस्था की है। जिससे हम आज तीसरे पहर उसके ही मुख से तथ्य सुनेंगे। आह! वह अपने समय से कुछ पहले आ गया है।...शायद आप इस ओर आने की कृपा करेंगे, डॉ. लियोन स्टर्नडेल! अंदर हम एक रासायनिक परीक्षण कर रहे थे जिसके कारण हमारा छोटा-सा कमरा आप जैसे प्रसिद्ध अभ्यागत का स्वागत करने के लिए उपयुक्त नहीं है।"

मैंने बाग़ के दरवाज़े की क्लिक सुन ली थी और अब उस महान

अफ्रीकन खोजी की भव्यमूर्ति रास्ते पर दिखाई दी। वह कुछ आश्चर्य से उस कुंज की ओर मुड़ा जिसमें हम बैठे थे।

"आपने मुझे बुलवाया था, मिस्टर होम्ज़! मुझे आपका पर्चा कोई एक घंटा पहले मिला, और मैं आ गया हूं, यद्यपि मैं वस्तुतः यह नहीं जानता कि मुझे आपके बुलाने पर चला आना चाहिए था।"

"अलग होने से पहले शायद हम यह बात स्पष्ट कर लेंगे," होम्ज़ ने कहा। "इधर आपकी इस सौजन्यपूर्ण स्वीकृति के लिए मैं आपका बड़ा आभारी हूं। खुले में इस अनौपचारिक स्वागत के लिए आप क्षमा करेंगे, पर मेरे मित्र वाटसन ने और मैंने, अखबारों में जिसे कौर्निश कांड कहा गया है, उसका एक और अध्याय प्रातः तैयार कर लिया है, और इस समय हमें साफ हवा की ज़रूरत है। जिन मामलों पर हमें बातचीत करनी है उनका आपके व्यक्तित्व से घनिष्ठ सम्बंध होगा, इसलिए अच्छा है कि हम बिलकुल एकांत में बातचीत करें।"

खोजी ने अपने मुंह से सिगार निकाल लिया और तीखी नज़र से मेरे साथी की ओर ताका।

"मेरी समझ में नहीं आता, जनाब," वह बोला, "कि आप ऐसी क्या बात कर सकते हैं जिसका मेरे व्यक्तित्व से घनिष्ठ सम्बंध हो?"

"मार्टिमर ट्रेगेनिस की हत्या।" होम्ज़ ने कहा।

क्षण-भर के लिए मेरी यह इच्छा हुई कि मेरे पास हथियार होता। स्टर्नडेल का भयंकर चेहरा लाल हो गया, उसकी आंखें चमकने लगीं और गठीली, फूली हुई नसें उसके माथे पर उभर आईं और वह मुक्के कसकर मेरे साथी की ओर झपटा। फिर वह रुक गया और प्रबल

प्रयत्न करके उसने वही आवेशशून्य, दृढ़ शांति धारण कर ली जो शायद उसकी आकस्मिक बददिमागी की अपेक्षा खतरे की सूचक अधिक थी।

"मैं इतने दिनों तक जंगलियों में और कानून की पहुंच से बाहर रहा हूं," वह बोला, "कि मैं स्वयं अपने-आपको एक कानून समझने लगा हूं। अच्छा हो, मिस्टर होम्ज़ कि आप यह बात न भूलें क्योंकि मैं आपको कोई नुकसान नहीं पहुंचाना चाहता।"

"न मैं ही आपको कोई नुकसान पहुंचाना चाहता हूं, डॉ. स्टर्नडेल। निश्चय ही इसका सबसे स्पष्ट प्रमाण यह है कि जो कुछ मैं जानता हूं, उसके बाद भी मैंने आपको बुलवाया है, पुलिस को नहीं।"

स्टर्नडेल हांफता हुआ बैठ गया—वह अपने साहसपूर्ण जीवन में शायद पहली बार किसी से दबा था। होम्ज़ के तौर-तरीके में शक्ति की शांति थी जिसके सामने टिकना कठिन था। हमारा अभ्यागत क्षण-भर के लिए हकलाया, उसके बड़े-बड़े हाथ बेचैनी और उत्तेजना के मारे खुल और बंद हो रहे थे।

"आपका क्या मतलब है?" अंत में उसने पूछा, "यदि आप यह झूठा तमाशा कर रहे हैं मिस्टर होम्ज़ तो आपने अपने परीक्षण के लिए बड़ा रद्दी आदमी चुना। अब इधर-उधर की बातें रहने दीजिए। यह बताइए कि आपका मतलब क्या है?"

"मैं आपको बताऊंगा," होम्ज़ ने कहा, "और मेरे आपको बताने का कारण यह है कि मुझे आशा है कि स्पष्टभाषिता से स्पष्टभाषिता ही पैदा होगी। मेरा अगला कदम क्या होगा, यह पूरी तरह इस बात पर निर्भर है कि आप अपनी कैसी सफाई पेश करते हैं।"

"मेरी सफाई?"

"जी, जनाब।"

"मेरी सफाई किस बारे में?"

"मार्टिमर ट्रेगेनिस की हत्या के आरोप में।"

स्टर्नडेल ने रूमाल से अपना माथा पोंछा। "तो आप चलते जा रहे हैं, वह बोला, "क्या आपकी सब सफलताएं आपकी झूठ की इस महान शक्ति पर ही निर्भर हैं?"

"झूठ," होम्ज़ ने सख्ती से कहा, "आपकी ओर है डॉ. लियोन स्टर्नडेल, मेरी ओर नहीं। प्रमाण के रूप में मैं आपको कुछ तथ्य बता दूंगा जिनके आधार पर मैंने निष्कर्ष निकाले हैं। प्लाईमाउथ से आपके लौटने और अपनी अधिकतर सम्पत्ति अफ्रीका जाने देने के बारे में मैं इससे अधिक कुछ नहीं कहूंगा कि इससे ही पहले-पहल मुझे पता चला कि इस नाटक की घटनाओं को जोड़ते हुए आपको भी ध्यान रखना है ..."

"मेरे लौटने का..."

"मैं आपके कारण सुन चुका हूं और उन्हें दिलजमई करने में असमर्थ और अपर्याप्त समझता हूं। उस रात को हम छोड़ते हैं। आप मुझसे यह पूछने यहां आए कि मुझे किस पर शक है। मैंने आपकी बात का जवाब देने से इंकार कर दिया। तब आप गिरजाघर गए, कुछ देर इसके बाहर प्रतीक्षा करते रहे और अंत में अपनी कुटिया में लौट गए।"

"आपको यह कैसे पता ?"

"मैं आपके पीछे-पीछे आया था।"

"मैंने किसी को नहीं देखा।"

"जब मैं आपका पीछा करूं तब आपको यही आशा करनी चाहिए। आपने अपनी कुटिया में बेचैनी से रात गुज़ारी और

आपने कुछ योजनाएं बनाईं जिन पर अमल करने के लिए आप सवेरे ही चल पड़े। बड़े सवेरे अपनी कुटिया से निकलकर आपने कुछ लाल रोड़ी अपनी जेब में भरी जिसका ढेर आपके दरवाज़े पर लगा हुआ था।"

स्टर्नडेल बड़े ज़ोर से चौंका और स्तब्ध होकर होम्ज़ की ओर ताकने लगा।

"इसके बाद आपने तेज़ी से वह मील-भर की दूरी तय की जो आपके घर और गिरजाघर के बीच थी। यह भी कह दें कि आप उस समय से ही टेनिस के जूते पहने हुए थे जो आपने इस समय पहन रखे हैं। गिरजाघर में आप बगीचे और किनारे वाली झाड़ी में से गुज़रे और वहां रहने वाले ट्रेगेनिस की खिड़की के नीचे आ गए। अब रोशनी हो चुकी थी पर लोगों की हलचल शुरू नहीं हुई थी। आपने कुछ रोड़ी अपनी जेब से निकाली और उसे अपने ऊपर वाली खिड़की पर फेंका।"

स्टर्नडेल उछलकर खड़ा हो गया।

"लगता है कि आप साक्षात् शैतान हैं।" वह ज़ोर से बोला।

होम्ज़ इस टिप्पणी पर मुस्कुराया। "आपको दो या शायद तीन बार रोड़ी फेंकनी पड़ी कि ट्रेगेनिस खिड़की पर आ गया। आपने उसे नीचे आने के लिए इशारा किया। उसने जल्दी से कपड़े पहने और वह उतरकर अपनी बैठक में आ गया। आप खिड़की से घुसे। दोनों की भेंट हुई–यह संक्षिप्त भेंट थी–जिसमें आप कमरे में इधर से उधर घूमते रहे। इसके बाद आप निकल आए और आपने खिड़की बंद कर दी और बाहर लॉन में सिगार पीते हुए आप यह देखते खड़े रहे कि क्या होता है। अंत में ट्रेगेनिस की मृत्यु के बाद आप जैसे आए थे वैसे ही लौट

गए। अब, डॉ. स्टर्नडेल आप ऐसे आचरण की क्या सफाई देते हैं और आपका क्या उद्देश्य था? यदि मुझे बहकाएंगे या टालमटोल करेंगे तो निश्चित समझिए कि मामला सदा के लिए मेरे हाथ से निकल जाएगा।"

होम्ज़ का बयान सुनते हुए हमारे अभ्यागत का चेहरा राख हो गया था। अब वह कुछ देर तक अपना मुंह हाथों पर रखे विचार में डूबा हुआ बैठा रहा। इसके बाद एकाएक आवेश में उसने अपनी अंदर की जेब से एक फोटो निकाली और उसे हमारे सामने रखी हुई अनगढ़ मेज़ पर पटक दिया।

"मैंने इस कारण ऐसा किया है," वह बोला।

उसमें एक बहुत सुंदर स्त्री का चेहरा और छाती तक का भाग दिख रहा था। होम्ज़ ने झुककर उसे देखा।

"ब्रेंडा ट्रेगेनिस!" वह बोला।

"हां, ब्रेंडा ट्रेगेनिस," हमारे अभ्यागत ने दोहराया, "मैं वर्षों से इससे प्यार करता हूं। वर्षों से वह मुझे प्यार करती है। कार्नलैंड में इस एकांत-निवास का यही रहस्य है जिस पर लोग चकित हुआ करते हैं। इससे मैं उस एकमात्र वस्तु के निकट आ गया जो मुझे प्रिय थी। मैं उससे विवाह नहीं कर सकता था, क्योंकि मेरे एक पत्नी है जो मुझे वर्षों पहले छोड़ चुकी है पर फिर भी इंग्लैंड के बेढंगे कानूनों के कारण मैं उसे तलाक नहीं दे सकता। वर्षों ब्रेंडा ने प्रतीक्षा की। वर्षों मैंने प्रतीक्षा की। और हमारी प्रतीक्षा की यह परिणति हुई है।" उसका लम्बा-चौड़ा शरीर उसकी भारी सुबकियों से हिलने लगा और उसने अपनी दाढ़ी के नीचे अपना गला पकड़ लिया। फिर कोशिश करके वह आपे में आया और कहने लगा :

पादरी को पता था। उसका हम विश्वास करते थे। उससे पूछो तो वह बताएगा कि वह भूलोक में फरिश्ता थी। इसी कारण उसने मुझे तार दिया और मैं लौटा। अपनी प्रियतमा की दुर्गति सुन लेने के बाद मेरे लिए अफ्रीका या मेरे सामान का क्या महत्त्व था? मेरे कार्य का अज्ञात अंश यह है मिस्टर होम्ज़।"

"आगे कहो," मेरे मित्र ने कहा।

डॉ. स्टर्नडेल ने अपनी जेब से कागज़ का एक पैकेट निकाला और उसे मेज़ पर रख दिया। उसके ऊपर लिखा था : 'रेडिक्स पेडिस डायाबोलि' और इसके नीचे जहर का लाल लेबल लगा हुआ था। उसने यह मेरी ओर सरकाया। "मैं समझता हूं, आप डॉक्टर हैं, जनाब। क्या आपने कभी इस दवाई का नाम सुना है?"

"डेविल्स फुट (शैतान के पांव) की जड़। नहीं, मैंने इसका नाम कभी नहीं सुना।"

"इससे आपकी डॉक्टरी योग्यता पर कोई आंच नहीं आती," वह बोला, "क्योंकि मैं समझता हूं कि बूडा की एक प्रयोगशाला में मौजूद नमूने को छोड़कर इसका यूरोप में और कोई नमूना नहीं है। न इसका नाम फार्मोकोपिया में है और न विषविज्ञान के ग्रंथों में। इस जड़ की शक्ल पांव जैसी होती है जो आधा आदमी का और आधा बकरी का लगता है, इसलिए किसी वनस्पतियों के जानकार ने इसका ऐसा नाम रख दिया है। इसका प्रयोग पश्चिमी अफ्रीका के कुछ ज़िलों में इलाज करने वाले अग्निपरीक्षा के ज़हर के रूप में करते हैं। और इसे गुप्त रखते हैं। यह नमूना मैंने उबांगी प्रदेश में बड़ी असाधारण परिस्थितियों में प्राप्त किया था।" यह कहकर उसने वह कागज़ खोला और लाल-सा बादामी सुंघनी जैसा पाउडर उसमें से निकल पड़ा।

"अच्छा जनाब?" होम्ज़ ने सख्ती से कहा।

"मैं आपको जो कुछ हुआ वह सब बताए देता हूं, मिस्टर होम्ज़, क्योंकि आप पहले ही इतना अधिक जानते हैं कि आपके सब कुछ जान लेने में ही मेरा हित है। मैं ट्रेगेनिस-परिवार से अपना सम्बंध पहले ही बता चुका हूं। बहन की खातिर मैं भाइयों से मित्रता रखता था। रुपए-पैसे के बारे में इनका एक पारिवारिक झगड़ा था जिसने इस मार्टिमर को नाराज़ कर दिया था, पर यह समझा जाता था कि वह निपट गया, और मैं बाद में उसी तरह उससे भी मिला जैसे औरों से। वह धूर्त, रहस्यमय और घुन्ना आदमी था; और कई बातें ऐसी पैदा हो गईं जिनसे मुझे उस पर संदेह हो गया। पर मेरे पास साफ झगड़ा करने के लिए कोई कारण न था।

"एक दिन, सिर्फ दो सप्ताह पहले, वह मेरी कुटिया में आया और मैंने उसे अफ्रीका की कुछ अद्भुत वस्तुएं दिखाईं। और चीज़ों के साथ मैंने यह पाउडर भी दिखाया और उसे इसके अजीब गुण बताए, कैसे यह मस्तिष्क के उन केंद्रों को उत्तेजित कर देता है जो भय के भाव को नियंत्रित करते हैं और किस प्रकार वह आदिवासी या तो मर जाता है और या पागल हो जाता है जिसकी अपने कबीले के पुरोहित द्वारा अग्निपरीक्षा ली जाती है। मैंने उसे यह भी बताया कि यूरोपीय विज्ञान के पास इसके अस्तित्व का पता लगाने की शक्ति नहीं है। उसने यह कैसे ले लिया, यह मैं नहीं कह सकता, क्योंकि मैं कमरे से ज़रा भी बाहर नहीं गया, पर इसमें संदेह नहीं कि जब मैं अलमारियां खोल रहा था और पेटियों के ऊपर झुका हुआ था तभी उसने इस जड़ का कुछ पाउडर ले लिया। मुझे अच्छी तरह याद है कि उसने मुझ पर ऐसे प्रश्नों की झड़ी लगा दी थी कि कितनी मात्रा में और कितनी देर में इसका

प्रभाव होता है, पर मुझे गुमान भी नहीं था कि उसके पूछने का कारण व्यक्तिगत हो सकता है।

"मैंने प्लाईमाउथ में पादरी का तार मिलने तक फिर इस बारे में कुछ नहीं सोचा। इस बदमाश ने "सोचा था कि यह खबर मिलने से पहले मैं जहाज़ से रवाना हो चुका हूंगा, और कि मैं वर्षों के लिए अफ्रीका में लुप्त हो जाऊंगा। पर मैं तुरंत लौट आया। निःसंदेह, विवरण सुनते ही मुझे निश्चय हो गया कि मेरा ज़हर इस्तेमाल किया गया है। मैं इस विचार से आपसे मिलने आया कि शायद आपके मन में कोई और विचार आया हो। पर और कुछ हो ही नहीं सकता था। मुझे पक्का यकीन था कि मार्टिमर ट्रेगेनिस हत्यारा है कि पैसे की खातिर और शायद इस विचार से कि यदि उसके परिवार के और सब लोग पागल होंगे तो उनकी इकट्ठी सम्पत्ति का वह अकेला ही अभिभावक होगा, उसने यह शैतान के पांव की जड़ का पाउडर इस्तेमाल किया था। उनमें से दो को पागल कर दिया था और अपनी बहन ब्रेंडा को—वही एकमात्र मनुष्य थी जिसे मैंने प्यार किया था, जिसने मुझे प्यार किया मार डाला। यह उसका अपराध था, उसकी सज़ा क्या होनी चाहिए?

"क्या मैं कानून की शरण लूं? मेरे पास प्रमाण क्या है? मैं जानता था कि तथ्य सच्चे हैं, पर क्या मैं गांव के जूरी को ऐसी अजीबोगरीब कहानी का यकीन करा सकता हूं? हो भी सकता है और नहीं भी। पर मैं चुप नहीं रह सकता था। मेरी आत्मा बदला लेने के लिए चीत्कार कर रही थी। मैं एक बार पहले आपसे कह चुका हूं, मिस्टर होम्ज़ कि मेरा अधिकतर जीवन कानून की पहुंच के बाहर बीता है और अंत में मैं खुद एक कानून बन गया हूं। वही हालत अब थी। मैंने फैसला किया कि जो दुर्गति इसने औरों की

भी है, वही इसकी अपनी होनी चाहिए। या तो वह और या मैं स्वयं अपने हाथ से इसका न्याय करूंगा। सारे इंग्लैंड में आज अपने जीवन का इतना कम मूल्य लगाने वाला कोई भी आदमी नहीं होगा जितना इस समय मैं लगाता हूं।

"अब मैंने आपको सब कुछ बता दिया। शेष अंश आप स्वयं बता चुके हैं। मैं, जैसाकि आप कहते हैं, सचमुच बेचैनी से रात काटकर बड़े सवेरे ही अपने घर से चल पड़ा। उसे जगाने की कठिनाई का मुझे ध्यान आया और मैंने उस ढेर से, जिसका आपने जिक्र किया है, कुछ रोड़ी ले ली और इसे उसकी खिड़की पर फेंका। वह नीचे आया और उसने बैठक की खिड़की के रास्ते मुझे अंदर प्रविष्ट किया। मैंने उसका अपराध उसके सामने पेश किया। मैंने उससे कहा कि मैं जज और जल्लाद, दोनों बनकर आया हूं। मेरा रिवाल्वर देखकर वह बदमाश कुर्सी में बेजान-सा होकर धंस गया। मैंने लैम्प जलाई, उस पर पाउडर रखा और खिड़की के बाहर खड़ा हो गया कि यदि यह कमरे से भागने की कोशिश करे तो इसे गोली से उड़ा दें। पांच मिनट में वह मर गया। हे भगवान्! वह कैसे मरा! पर मेरा दिल पत्थर हो चुका था; क्योंकि उसने ऐसा कोई कष्ट नहीं सहा जो मेरी निर्दोष प्रियतमा पहले नहीं सह चुकी थी। यह है मेरी कहानी, मिस्टर होम्ज़। शायद यदि आप किसी स्त्री से प्यार करते होते, तो आप भी बहुत कुछ मेरी ही तरह करते। जो हो, मैं आपके हाथों में हूं। आप जो चाहें वह कार्यवाही कर सकते हैं। जैसाकि मैं पहले ही कह चुका हूं, इस समय मौत से मेरी अपेक्षा कम डरने वाला व्यक्ति दूसरा नहीं।"

होम्ज़ कुछ देर तक मौन बैठा रहा।

"आपकी भविष्य की योजनाएं क्या थीं?" अंत में उसने पूछा।

"मेरा विचार था कि मध्य अफ्रीका में अपने-आपको भुला दूंगा। वहां मेरा काम आधा ही हुआ है।"

"जाइए और बाकी आधा खत्म कीजिए।" होम्ज़ ने कहा, "कम-से-कम मैं आपको रोकने को तैयार नहीं।"

डॉ. स्टर्नडेल ने अपना विशाल शरीर उठाया, गम्भीरता से सिर झुकाया और कुंज से बाहर प्रस्थान किया। होम्ज़ ने अपना सिगार जलाया और मुझे तम्बाकू की पोटली पकड़ाई।

"कुछ विषहीन धुआं इस समय बड़ा अच्छा रहेगा," वह बोला, "मेरा खयाल है कि तुम भी यह मानोगे वाटसन कि यह ऐसा मामला नहीं है जिसमें हमें दखल देना चाहिए। हमारी जांच स्वतंत्र थी और हमारा कार्य भी स्वतंत्र होगा। तुम इस आदमी को बुरा नहीं कह सकते!"

"बिलकुल नहीं," मैंने उत्तर दिया।

मैंने प्यार कभी नहीं किया वाटसन पर यदि मैं करता और मेरी प्रियतमा का यह अंत हुआ होता तो मैं भी शायद वही करता जो हमारे कानून की सीमा से बाहर रहने वाले शेर-शिकारी ने किया। क्या पता? खैर वाटसन, जो बात स्पष्ट है उसे और स्पष्ट करके मैं तुम्हारी बुद्धि का तिरस्कार नहीं करूंगा। खिड़की के पत्थर पर पड़ी रोड़ी से ही वस्तुतः मेरी खोज आरम्भ हुई। यह गिरजाघर के बाग की किसी वस्तु जैसी नहीं थी। डॉ. स्टर्नडेल और उसकी कुटिया की ओर मेरा ध्यान जाने पर ही मुझे ऐसी और रोड़ी दिखाई दी। दिन चढ़ आने पर भी जलती हुई लैम्प और उसके शेड पर पाउडर का अवशेष काफी स्पष्ट श्रृंखला

की उत्तरोत्तर कड़ियां थीं। और अब, प्यारे वाटसन, मैं समझता हूं कि हमें इस मामले को अपने मन से निकाल देना चाहिए और हलके दिल से उन खाल्डियन मूलधातुओं पर विचार करना चाहिए जो महान केल्टिक भाषा की कार्निश शाखा में दिखाई देती हैं।"

•••